CONTES CURIEUX

DE LA MÊME CONTEUSE chez Actes Sud

Dame Merveille et autres contes d'Egypte, Babel n° 326.
Contes populaires de Palestine, Babel n° 564.

Edition préparée sous la direction de Marie Desmeures

ISBN 978-2-7427-6860-8

CONTES CURIEUX

DES QUATRE COINS DU MONDE

choisis, traduits et racontés par Praline Gay-Para

Turquie, Punjab (Inde), Haïti, Tanzanie, Soudan, Iraq,
Ethiopie, Liberia, Chili, Birmanie, Mexique, Palestine, etc.

BABEL

A Muriel Bloch, curieuse au long cours, amie de toujours.

A Céline Murcier, curieuse silencieuse, amie généreuse.

Suggestion de la seconde pour le titre de ce recueil : Contes que même Muriel Bloch ne connaît pas.

C'est vous dire !!!

INTRODUCTION

A force de lire et d'entendre des contes depuis des années, je finis par reconnaître dans chacun d'eux des motifs ou des types récurrents mais, fort heureusement, les surprises sont toujours au rendez-vous. Au détour d'une page ou d'une voix, j'ai toujours le cœur qui s'emballe pour un récit qui ne ressemble à aucun autre que je connaisse déjà.

Au fil de mes lectures et de mes rencontres, j'ai croisé des histoires étonnantes, surprenantes, singulières, qui proviennent de traditions diverses.

Cette anthologie rassemble quelques récits, inédits en français, qui méritent de circuler. C'est une manière de leur donner une deuxième vie, de les empêcher de prendre la poussière dans une mémoire ou dans un livre posé sur une étagère.

Certains font partie de mon répertoire oral, d'autres pas. Les publier me semble une nécessité. Conteuse depuis plus de vingt ans, je ressens comme une urgence de transmettre les histoires afin de prolonger leur durée de vie.

Ce recueil est aussi la preuve que les contes n'ont jamais fini de nous émouvoir, de nous étonner et que, même s'ils proviennent de la nuit des temps, ils parlent encore de nous, aujourd'hui. Cette matière narrative est d'une richesse infinie, toujours offerte à un regard contemporain qui ne la dénature pas.

Ces contes sont à lire et à dire. C'est leur seule chance de vivre longtemps.

LA CHAIR DE LA LANGUE

à Susie Morgenstern

Il y avait autrefois un roi riche et puissant et une reine ; une reine qui était maigre, pâle et triste. Elle n'avait aucun appétit ni pour la nourriture ni pour la vie. Le roi observait sa reine et ne savait pas comment lui redonner les rondeurs qu'elle avait eues, quelques années auparavant.

Un jour, le roi regarde par la fenêtre de son palais, quand il voit passer dans son jardin une femme qui respire la santé, une femme bien ronde et bien plantée, une femme au corps généreux et au regard radieux. C'est la femme du jardinier ! Il est abasourdi. Sa femme à lui a tout ce dont elle peut rêver, tout ce qu'une femme peut souhaiter et elle est maigre comme un clou rouillé. Le jardinier, lui, n'a pas de quoi se nourrir tous les jours et il a une femme qui a des formes d'abondance…

Le roi sort de chez lui et va trouver le jardinier :

— Ta femme est resplendissante, la mienne est souffrante, dis-moi de quoi tu la nourris.

— Moi, répond le jardinier, je nourris tous les jours ma femme avec la chair de la langue.

— C'est tout ?

— Oui, c'est tout !

Le roi rentre précipitamment chez lui et va trouver son cuisinier :

— Tu vas me préparer un banquet avec des langues de toutes sortes, assaisonnées de toutes les manières possibles. Je veux une palette de saveurs qui soit digne des palais les plus exigeants !

Le lendemain, les tables sont recouvertes de toutes sortes de plats avec des langues de bœuf, de veau, des langues de mouton, de lapin, d'alouette, de moineau et d'aigrette. Des langues grillées, mijotées, rôties, farcies, bouillies et puis toutes sortes de sauces avec des épices du monde entier.

Le roi va chercher la reine et l'accompagne, fier de lui, jusque dans la salle à manger. Il l'invite à se servir. La malheureuse voit toutes les langues baigner dans des jus aux couleurs étranges, elle a mal au cœur. Elle regagne immédiatement sa chambre.

Le roi est dépité. Il va de nouveau trouver son jardinier et lui dit :

— Tu vas prendre ma femme chez toi pendant six mois et la tienne viendra vivre au palais !

Les désirs des rois sont des ordres. Dès le lendemain matin, l'échange est fait.

Il en faut du temps dans la vie… dans les contes, il suffit de deux mots. Voilà six mois qui viennent de s'écouler.

La reine revient au palais resplendissante. Elle est toute ronde et elle rit à la vie. La femme du jardinier, quant à elle, a dépéri. Elle est maigre et grise, son regard est éteint et son visage ne sait plus sourire.

Le roi, qui ne comprend plus rien, demande aux femmes de lui expliquer.

— Quand mon mari rentre le soir, dit la femme du jardinier, il est de bonne humeur. Qu'il ait de quoi acheter à manger ou pas, il me raconte sa journée ; les fleurs qui ont éclos, les arbustes qui ont poussé, les fruits qui se sont épanouis, la pleine lune dans la nuit. Quand il a fini, il joue de la musique et il chante puis il me raconte des histoires, me récite de la poésie et les soirées avec lui prennent la saveur d'un paradis.

— Oui, renchérit la reine. Il a toujours une belle histoire ou une parole douce à offrir et cela embellit la vie. Il donne le meilleur de lui-même, la chair de la langue !

Nul ne sait si le roi a vraiment compris.

Certains disent que ce jour-là, les deux femmes ont choisi de vivre avec le jardinier.

D'autres, plus optimistes, racontent que le roi s'est mis à raconter de beaux récits… et que sa reine a vécu le restant de ses jours très épanouie.

LA CHOSE PERCÉE

Au tout début du commencement du monde, le ciel était si bas,si bas que les hommes, debout sur la terre, pouvaient le toucher du doigt. Le ciel était si proche, si proche qu'il protégeait les hommes et les bêtes du vent froid et de la chaleur cuisante du soleil.

En ce temps-là, le ciel était l'abri et le refuge des habitants de la terre.

Un jour, deux femmes se réveillent et, pleines d'entrain, elles se mettent à piler du mil dans la cour de leur maison. Leurs pilons dansent dans le mortier et rythment leurs mouvements. Chaque fois que les pilons cognent le mortier, ils rebondissent et vont heurter la voûte céleste. Chaque coup y perce un trou.

Tant de coups ! Tant de trous ! Le ciel est percé de partout.

Excédé, il se met à hurler :

— Hé ! Ho ! Arrêtez de me donner des coups ! Je suis plein de trous ! C'est moi qui vous protège des vents froids et de la chaleur cuisante du soleil, le savez-vous ?!

Mais les femmes, tout à leur chant et à leur travail, n'entendent pas. Elles continuent de piler de plus belle.

Le ciel est constellé de trous. La douleur est insupportable. Le ciel s'éloigne doucement, lentement, il s'éloigne tant et tant qu'il arrive là où il est maintenant.

Voilà pourquoi, en langue somalie, le ciel est appelé *daldaloulow*, ce qui signifie "la chose percée".

Tout en haut, bien au-dessus du ciel, vit une jeune fille. Elle est belle comme la lumière, c'est la fille des nuages. Tous les jours elle va puiser de l'eau dans un seau. Et tous les jours, sur le chemin du retour, le seau plein à ras bord se balance le long de ses jambes. L'eau se répand et coule à travers les trous du ciel.

Quand l'eau traverse le ciel par tous les trous, elle arrose la terre. La jeune fille des nuages crie :

Daldaloulow !
Retiens donc l'eau !

Et le ciel répond :

Comment retenir l'eau,
Même si je suis si haut,
Les hommes prient jour et nuit
Pour avoir de la pluie.

Ainsi la pluie continue-t-elle de tomber.

La nuit, la fille des nuages s'éclaire avec des bougies. La lumière filtre à travers les trous et nous voyons le ciel se consteller de milliers de petites lueurs. Ce sont les étoiles.

Sans les deux femmes de la terre et sans la fille des nuages, il n'y aurait pas de pluie, et sans l'eau et la pluie, sur la terre, il n'y aurait pas de vie.

Voilà pourquoi on dit en Somalie : "Les femmes sont les sources de la vie."

BRISE-MONTAGNES

A peine né, Brise-Montagnes court dans tous les sens. Il ne tient pas en place.

A l'âge d'un jour, il dit à sa mère :

— Quand arrêteras-tu donc de me porter comme un bébé ? Pose-moi par terre !

Elle le met par terre. Il dit :

— Pourquoi la porte est-elle toujours fermée ?

Il attrape la porte par la poignée, il la sort de ses gonds et la lance très fort, très loin dehors.

— Les moustiques vont entrer dans la maison, dit la mère.

Brise-Montagnes sort dans le jardin, il empoigne un oranger, l'arrache avec toutes ses racines et l'agite dans tous les sens pour chasser les moustiques. Il agite l'oranger si fort qu'il provoque un vent violent qui se met à souffler et qui éteint le feu sur lequel cuit le dîner.

— Mon manger ne cuira jamais ! gémit sa mère.

Qu'à cela ne tienne, Brise-Montagnes mange son repas tout cru.

Quand il a fini, il dit :

— Mère, j'ai envie de danser !

Il saisit le tambour de son père, il frappe si fort qu'il le brise en mille morceaux. Brise-Montagnes est en colère, il va dehors et, de rage, il détruit les fondations de la maison qui s'écroule.

Un rapace passe dans le ciel.

— Va-t'en ! Il n'y a rien pour toi ici ! hurle Brise-Montagnes.

Il cherche autour de lui un projectile à jeter sur l'oiseau, quand une chèvre passe par là. Il la saisit par les cornes, la jette sur le faucon et l'atteint en plein vol.

Il dit à sa mère :

— J'ai passé ma vie ici. Maintenant il est temps pour moi de voir le monde.

Il enfourche l'âne de son père et l'aplatit comme une crêpe. Il enfourche le cheval de son père, il l'aplatit comme un tapis. Il part à pied.

Il marche. A chaque pas, il écrase un morne. Il éternue. Une tornade se lève et ravage une forêt entière. Il tape du pied et provoque un glissement de terrain de soixante kilomètres. Quand il entre dans le lac, l'eau déborde, inonde tous les champs de canne à sucre et emporte le bateau d'un pêcheur jusque dans le désert.

Brise-Montagnes va en ville. Il dit :

— Il me faut une paire de sandales !

Rien n'est assez grand pour lui. Un cordonnier lui fabrique une paire de souliers avec deux peaux de vache entières, mais elles sont encore trop petites.

Il va donc chez le forgeron et achète des sandales en fer qu'il chausse pendant que le fer est encore chaud. Il met les pieds dans l'océan pour les rafraîchir et provoque une lame de fond qui fait couler tous les bateaux du port.

— Je suis un dur ! dit Brise-Montagnes.

Juste à ce moment, un oiseau passe dans le ciel et lâche un grain de maïs sur la tête de Brise-Montagnes, qui tombe à quatre pattes par terre. Il ne peut plus se relever. Il pleure et crie :

— Je veux ma maman !

LA COLÈRE DES EAUX

Il y a fort longtemps, le pays que nous appelons aujourd'hui Viêtnam était gouverné par les rois Hung. Lors du règne du dix-huitième roi Hung, le peuple vivait dans la paix et la sérénité.

Le roi était prospère, il possédait un palais somptueux et ses coffres regorgeaient de diamants et de perles, et pourtant, il avait du chagrin. Sa femme était morte toute jeune et l'avait laissé, le cœur brisé, seul avec leur petite fille, Mi Nuong. Celle-ci était la joie de sa vie.

Au fil des ans, Mi Nuong avait grandi. Elle était devenue une jeune fille si belle que nul ne pouvait l'apercevoir sans en tomber éperdument amoureux. Elle avait la peau aussi douce et aussi blanche que le lait le plus frais. Ses lèvres étaient aussi écarlates que le corail de l'océan et ses yeux brillaient comme le velours couleur de nuit. Ses cheveux étaient aussi souples que les nuages dans le ciel.

Mi Nuong ne se contentait pas d'être belle, elle était aussi intelligente que talentueuse. Elle chantait à merveille et savait jouer de tous les instruments. Elle aimait son père plus que tout au monde et faisait de son mieux pour lui faire plaisir.

Le roi admirait sa fille. Elle était, à ses yeux, l'être le plus parfait de la création.

Un jour, le roi réalise que Mi Nuong est en âge de se marier. Il veut lui trouver l'époux le plus beau, le plus doué et le plus courageux du royaume. Pour ce faire, il organise une compétition : les prétendants doivent se rendre au palais et faire preuve de leur talent.

Nombreux sont les jeunes gens qui se présentent ; un chasseur capable de pénétrer dans la forêt après son petit-déjeuner et de ramener un tigre à l'heure du déjeuner, un nageur qui peut rester au fond de l'eau pendant trois heures sans respirer, un poète érudit qui sait réciter des poèmes en dix-sept langues différentes. Mais le chasseur est analphabète, le plongeur est si timide qu'il ne réussit pas à articuler une seule parole et le poète éternue sans arrêt.

Aucun ne réussit à se faire apprécier par le roi qui commence à s'inquiéter. Il a peur de ne jamais rencontrer celui qui mérite d'épouser sa fille. Mi Nuong, quant à elle, craint de ne jamais tomber amoureuse.

Un jour, deux étrangers se présentent au palais.

Le premier porte des vêtements aussi verts que les arbres en plein cœur de l'été. Il tient un arc taillé dans du bois précieux et une flèche en ivoire parée de cent plumes provenant de cent oiseaux différents de la forêt. Il s'incline devant le roi et se présente :

— Votre Majesté, je viens du pic le plus élevé de la montagne Tan Vien. Mon nom est Son Tinh et je suis le dieu de la montagne.

Le deuxième visiteur a des vêtements aussi bleus que le bleu de la mer quand elle brille sous le soleil. Il tient à la main une corne faite de cent coquillages marins. Il s'incline devant le roi et se présente :

— Votre Majesté, je viens des profondeurs les plus lointaines de la mer de l'Est. Mon nom est Thuy Tinh. Je suis le dieu de l'océan.

Le roi sourit tant sa satisfaction est grande. C'est la première fois de sa vie qu'il voit des jeunes gens doués d'une si grande beauté. Mi Nuong les observe à travers un rideau qui la cache à leurs yeux, elle a le cœur qui bat pour la première fois.

Mais le roi ne se fie pas aux apparences :

— Montrez-moi vos talents !

Le jeune homme vêtu de bleu avance d'un pas et dit :

— Comme je suis le dieu de l'océan, je domine les étangs, les lacs, les fleuves, les rivières, les mers et les océans. Ce qui fait ma force, c'est que je contrôle aussi le ciel. Regardez ce que je suis capable de faire.

Le dieu de l'océan sort du palais, il souffle dans la corne de coquillages. En un seul instant, des nuages gris et épais s'amoncellent et recouvrent le ciel. Le vent secoue les arbres et l'orage éclate avec son lot d'éclairs et de coups de tonnerre. Les nuages libèrent une pluie torrentielle qui s'abat sur la terre.

Mi Nuong, de sa fenêtre, observe la scène ; le ciel est noir comme en pleine nuit, le tonnerre gronde et le palais tremble jusque dans ses fondations.

Quand la force de l'orage est sur le point de tout détruire et de tuer tous les habitants, l'homme vêtu de vert se précipite dehors. Il affronte le vent et la pluie. Il brandit son arc et tire la flèche aux cent plumes vers le ciel. L'orage se tait immédiatement et le ciel reprend aussitôt sa couleur bleue et paisible. Les oiseaux se remettent à chanter et les gouttes d'eau brillent dans le feuillage des arbres et sur le sol comme autant de parcelles de jade.

A sa fenêtre, Mi Nuong sourit avec bonheur.

Le roi regagne le palais, suivi des deux concurrents, fiers de leur exploit.

Le roi, lui, n'est pas très fier. Il ne sait lequel des deux choisir ; ils sont aussi doués l'un que l'autre. Comment décider lequel est le plus habile ? Il prend son temps, il réfléchit puis il sourit ; il vient de trouver la solution :

— Vous êtes tous les deux beaux, jeunes, courageux et talentueux mais je n'ai qu'une seule fille. Je vais vous soumettre à une deuxième épreuve qui me permettra de vous départager. Demain, nous célébrerons les noces. Le premier d'entre vous qui offrira son cadeau de mariage sera l'heureux élu et épousera la princesse.

Les deux prétendants s'inclinent et partent en courant, il y a tant à faire avant le lendemain matin.

Son Tinh court vers la montagne Tan Vien. Quand il parvient enfin au sommet, il donne l'ordre à ses sujets de rassembler tous les trésors de la montagne et de la forêt sans oublier l'ivoire, l'aloès, la muscade, les bois précieux et les animaux rares. De plus, Son Tinh réussit à capturer trois créatures extraordinaires ; un éléphant à neuf défenses, un coq à neuf ergots et un cheval rose à neuf crinières. “Ces créatures émerveilleront ma future épouse !” songe-t-il.

Pendant que Son Tinh rassemble tous ses présents, Thuy Tinh s'affaire dans la mer de l'Est. Ses sujets lui apportent le corail le plus délicat, les carapaces de tortue les plus lisses et les perles les plus brillantes. De plus, Thuy Tinh réussit à capturer trois créatures rares ; un hippocampe aussi gracieux qu'un pur-sang, une étoile de mer aussi étincelante qu'une étoile céleste et un dragon des mers aussi coloré et aussi lumineux qu'un arc-en-ciel. “Ces créatures émerveilleront ma future épouse !” songe-t-il.

Le lendemain matin, quand le soleil est encore pâle et que tout le monde dort encore dans le palais, Son Tinh arrive sur son beau cheval rose à neuf crinières, suivi de l'éléphant à neuf défenses qui porte sur son dos tous les trésors de la forêt et de la montagne. Le coq à neuf ergots frappe au portail du palais.

A l'instant même où le portail est ouvert, la musique de la noce inonde le palais. Son Tinh et Mi Nuong se prennent par la main et se dirigent vers l'autel.

Les jeunes mariés irradient de bonheur et tous ceux qui vivent entre le palais et la montagne Tan Vien se réjouissent. La fête bat son plein, tous dansent et tous félicitent les nouveaux mariés.

Un instant plus tard, Thuy Tinh arrive, chargé des présents de la mer. Vous pouvez imaginer sa déception quand il apprend qu'un instant infime le sépare de son bonheur. Il entre dans une colère folle et décide de se venger. Il sort du palais, appelle les nuages, les vents, la pluie et leur donne l'ordre de provoquer un déluge qui puisse décimer tous les vivants, à commencer par Mi Nuong et Son Tinh, son rival en amour.

Pendant que la nature se déchaîne, les soldats du dieu de l'eau sortent des mers et des rivières par milliers, prêts à tout saccager : pieuvres, scorpions, serpents, monstres, fantômes.

Quand les sujets de Son Tinh voient la catastrophe arriver, ils coupent les arbres et les jettent dans les cours d'eau. Ils précipitent les rochers et les tas de terre dans les rivières pour empêcher les inondations. Les soldats du dieu de l'eau périssent, les uns après les autres.

Son Tinh rassemble tous ses pouvoirs et rend la montagne de plus en plus haute, de plus en plus haute et sauve les vies humaines.

Plus l'eau monte et plus la montagne grandit. Le combat entre les forces de l'eau et les forces de la montagne dure longtemps. Les soldats de l'eau sont épuisés, ils cessent de se battre. Thuy Tinh comprend alors qu'il doit se retirer.

Dans le camp de Son Tinh, la joie éclate. La victoire est célébrée dans les réjouissances et les festivités.

On raconte que Mi Nuong et Son Tinh ont vécu longtemps dans un bonheur sans nuage.

On dit aussi que l'océan n'a jamais oublié sa défaite en amour. Une fois par an, sa haine lui revient et, une fois par an, il fait déborder les eaux pour noyer les vivants. Mais les sujets de Son Tinh, qui sont aujourd'hui les habitants du Viêtnam, savent, depuis cette histoire, comment lutter contre les inondations. Ils ont construit des berges très hautes et des digues solides pour se protéger de la colère de Thuy Tinh.

CELLES
QUI ADORAIENT LE SOLEIL

Il y a fort longtemps, une mère et sa fille vivaient dans une cabane en chaume. Elles étaient très pauvres mais elles offraient tout ce qu'elles possédaient au soleil car toutes deux l'adoraient. Elles ne gardaient pour tout repas que deux galettes, une pour chacune d'elles.

Un jour, la fille a terriblement faim. Sa mère n'est pas encore rentrée. Elle mange sa galette avant l'heure habituelle du dîner. Dès qu'elle a terminé son repas, un moine mendiant vient à passer. Il demande quelque chose à manger. Il n'y a rien dans la maison, mis à part la galette de la mère. La fille la partage en deux parts égales et donne la moitié au moine, au nom du soleil.

Un peu plus tard, la mère arrive. Elle a grand-faim. Elle ouvre le garde-manger et ne trouve qu'une moitié de galette. Elle demande à sa fille :

— Où est passée l'autre moitié ?

— J'ai mangé ma part, répond celle-ci. J'avais faim. Dès que j'ai fini, un moine mendiant est passé et il a demandé à manger. J'ai dû lui donner la moitié de ta part.

La mère hurle de rage :

— Quelle belle histoire ! Il est facile d'être généreux avec ce qui appartient aux autres. Qui me dit que tu as d'abord mangé ta part ? Tu as donné la moitié de ma galette pour garder la tienne !

La fille a beau protester et expliquer, la mère ne veut rien entendre. Elle supplie sa mère de lui pardonner. Celle-ci ne décolère pas et lui demande sévèrement de quitter la maison :

— Je ne veux pas de gloutons sous mon toit ! Des tricheurs qui, au nom du soleil, volent le repas des autres. Va-t'en et ne reviens jamais !

La fille doit donc partir. Elle erre sans but dans la nature, seule au monde. Elle pleure toutes les larmes de son corps. Elle marche pendant des heures et, quand elle ne peut plus faire un pas, elle se réfugie dans les branches d'un arbre pour se mettre à l'abri des bêtes sauvages.

Le fils du roi vient à passer. Il chasse le cerf dans la forêt depuis l'aube et l'ombre accueillante de l'arbre l'invite à se reposer. Il s'allonge sous les branches pour dormir. Il ferme les yeux, le visage tourné vers le ciel. Il est si beau que la jeune fille ne peut détacher son regard de lui. Elle continue de pleurer pourtant et ses larmes atteignent le visage du bel endormi. Il est brusquement réveillé par cette pluie douce et chaude. Il pense que c'est une pluie d'été. Il se lève et regarde le ciel. Pas un seul nuage dans le bleu céleste. Il s'allonge de nouveau, au même endroit, et la pluie tiède continue de l'arroser. Une goutte tombe sur sa bouche. Il passe la langue sur ses lèvres et sent un léger goût salé. "Ce sont des larmes !"

Le prince grimpe dans les branches pour voir d'où provient cette eau tiède quand il aperçoit une jeune fille d'une beauté rare.

— D'où viens-tu, belle inconnue ?

Elle lui répond d'une voix entrecoupée de sanglots :

— Je suis seule au monde, je n'ai pas où aller.

Le prince tombe immédiatement amoureux de la jeune fille à la voix si douce. Il lui demande de l'épouser.

Les deux jeunes gens rentrent ensemble au palais. Elle est radieuse et, tout au fond de son cœur, elle remercie le soleil d'avoir mis la chance sur son chemin.

La vie est douce au palais. Ses moindres désirs sont satisfaits. Elle se lie avec les autres femmes et participe à leurs conversations. Mais quand elles parlent de leurs familles ou de leurs pays, elle se tait. Elle a honte de dire d'où elle vient.

Elle est si belle et si gracieuse que tout le monde pense qu'elle est fille de roi.

Elle, elle prie tous les jours le soleil pour que sa mère ne puisse jamais retrouver sa trace.

Un jour, elle est seule dans le palais, quand elle voit arriver sa mère. Celle-ci est aussi pauvre et aussi déguenillée qu'elle l'a toujours été. Elle avait entendu parler de sa fille et de son mariage fortuné et voulait absolument en profiter :

— Tu es riche à présent. Tu me dois la part qui me revient de ta fortune.

— Tu l'auras, ta part, lui dit sa fille. Je te rendrai mille fois ce que tu m'as donné, à condition que tu disparaisses à jamais. Je ne veux pas que tu me déshonores devant le prince.

— Créature ingrate ! hurle la mère. Tu as oublié que c'est grâce à moi que tu as rencontré ta chance ? Si je ne t'avais pas mise à la porte, tu n'aurais jamais croisé ton prince.

La fille se met à pleurer :

— J'aurais pu mourir de faim ! Et tu viens détruire mon bonheur ? Soleil, viens à mon aide !

Juste à cet instant, le prince arrive. La pauvre fille est prête à mourir de honte sur place. Quand elle voit le regard du prince se diriger vers l'endroit où sa mère est assise, son cœur s'arrête de battre. Elle regarde à son tour. Sa mère a disparu et, à sa place, il n'y a qu'un tabouret en or ciselé. Le prince n'a jamais vu une chose aussi étonnante et aussi précieuse.

Il se tourne vers sa femme et lui demande :

— Ma princesse, d'où vient ce magnifique tabouret ?

— Il vient de la maison de ma mère, répond-elle, reconnaissante au soleil de l'avoir sauvée du déshonneur.

— Si la maison de ta mère contient des objets aussi rares, nous irons dès demain matin jusque chez elle pour les admirer.

La jeune femme prétexte en vain une chose puis une autre pour éviter d'emmener le prince jusque chez sa mère. La curiosité de celui-ci est immense, il est inébranlable.

Elle implore le soleil : "Je t'en supplie. Viens à mon secours maintenant !" mais le soleil ne répond pas.

Le lendemain, un cortège quitte le palais en grande pompe et prend la direction de la maison de la mère. Des cavaliers escortent le palanquin où la princesse est au comble du désespoir. Le prince est à la tête du convoi. Chaque pas qui les rapproche de leur destination est un calvaire pour elle.

Ils finissent par arriver aux abords de la vieille cabane. Elle a le souffle coupé. Elle entend soudain des cris d'admiration qui fusent autour d'elle. Elle regarde et là-bas, juste à l'endroit où elle vivait avant, se dresse un palais en or. Il brille et étincelle comme un soleil. Les voyageurs s'approchent, et l'intérieur comme l'extérieur du palais sont en or ainsi que les serviteurs, les meubles et même sa mère en personne. De l'or pur.

Tous les cavaliers sont abasourdis. Ils admirent, bouche bée, le palais solaire. Le prince est plus amoureux de sa femme que jamais. Il est au comble du bonheur, ils ne sont pas venus pour rien. Ils visitent toutes les pièces et le prince, satisfait, donne l'ordre de rebrousser chemin. Il trotte, léger sur sa monture, et, chemin faisant, il se retourne pour voir une dernière fois, de loin, le palais extraordinaire, mais il n'y a là qu'une vieille cabane en chaume.

Il se tourne, courroucé, vers la princesse et crie :

— Tu n'es qu'une sorcière ! Tu uses de tes dons méprisables pour te moquer de moi ! Avoue que tu es une sorcière ou je te ferai couper la tête !

Elle le supplie :

— Mon prince, je n'ai rien fait. Je suis seule au monde. C'est le soleil qui a fait ce qu'il croyait devoir faire.

Elle raconte toute son histoire au prince, sans en omettre un seul détail. Le prince est séduit par son récit. Il est charmé par son aventure.

On dit qu'ils ont vécu longtemps, heureux et à l'abri des soucis. On raconte aussi que le prince et la princesse ont adoré le soleil jusqu'à la fin de leur vie.

UNE PRIÈRE A L'ENVERS

Un homme pauvre et maigre rentre chez lui. Il marche depuis des jours et des nuits. Il est épuisé. Pour se protéger des rayons cuisants du soleil, il a retiré sa veste en coton et l'a enroulée autour de sa tête. Il gravit le flanc abrupt d'une colline et sa fatigue est telle qu'il adresse une prière à Dieu : "Mon Dieu je t'en prie, je te supplie, envoie-moi un âne qui me porte sur son dos jusqu'au sommet de cette colline. Mon Dieu..."

Il prie encore quand soudain, en travers de son chemin, se dressent une dizaine de soldats à cheval qui l'arrêtent. Leur chef le regarde et dit :

— Qu'est-ce que tu es en train de marmonner dans ta barbe ?

— Je fais une prière à Dieu.

— Mécréant ! Tu mens. Tu es en train de dire du mal de nous et de notre sultan et rien que pour cela tu mérites que nous te coupions les oreilles, comme cela rien ne dépassera plus de ton turban !

L'homme explique maladroitement sa fatigue, sa prière… Le soldat rit et lui dit :

— Tes oreilles l'ont échappé belle aujourd'hui. Mais pour la peine, tu vas prendre cet âne sur ton dos et le déposer au sommet de la colline !

L'homme ne demande pas son reste. Il a réussi à sauver ses oreilles. Il hisse l'âne sur son dos et gravit péniblement le chemin qui monte. Tout en marchant, il s'adresse à Dieu : "Je t'ai demandé un âne sur le dos duquel je puisse monter et pas un âne qui monte sur mon dos. Tu fais tout à l'envers ! Je ne t'adresserai plus jamais une seule prière !"

Il arrive péniblement au sommet et dépose l'âne par terre. Il se sent soudainement léger. Il ne veut plus revoir les soldats, il reprend donc immédiatement la route. Il emprunte le chemin qui descend, de l'autre côté. Il dévale l'autre versant de la colline.

Il marche encore et toujours. Il arrive dans le désert et, au moment où il cherche un endroit pour se reposer, il voit une horde de cavaliers qui arrive à toute vitesse vers lui. Pris de panique, il ne sait pas où se mettre. Il ferme les yeux et espère que les chevaux vont se séparer à sa hauteur. Il entend le bruit des sabots qui s'approche de plus en plus et il sent une main l'attraper fermement par le col, le soulever brusquement et l'emporter.

Il ouvre les yeux et voit, affolé, le paysage défiler à fond de train. Son corps entier est emporté sur les flancs d'un cheval.

Au loin, il voit un campement de Bédouins. Il n'ose plus prier, il attend, atterré, que l'épreuve prenne fin. La course s'arrête dans le campement, devant un homme qui semble être le chef de tribu. Le cavalier qui le portait le pose alors sur le sol et s'adresse au chef :

— Voici un derviche. Il porte un turban.

Notre homme tremble comme une feuille et il entend le chef qui lui dit :

— J'ai besoin de toi. Dieu écoute les prières des derviches. Ma fille est en train d'accoucher et elle souffre depuis deux jours. Prie Dieu pour qu'elle mette son enfant au monde sans qu'il leur arrive aucun mal.

Il est terrifié. Il sait que ses prières ne peuvent que mal tourner. Il réfléchit au moyen de sauver sa peau. Il dit :

— Je ne peux faire une prière comme celle-ci que si je suis bien installé sur le dos d'un âne, le plus rapide que tu possèdes !

Il sait que seuls les nobles peuvent monter sur un cheval.

Le chef de tribu ne comprend pas. Il lui accorde toutefois ce qu'il demande.

L'homme se juche sur l'âne, regarde le ciel et dit :

— Mon Dieu, je t'en supplie, que la fille du chef de tribu meure en couches et que son enfant ne réussisse jamais à venir au monde !

Quand il a prononcé la dernière parole, il talonne les flancs de l'âne qui part du plus vite qu'il peut.

Le chef de tribu est abasourdi : “Mécréant ! Blasphémateur ! Attrapez-le ! Je lui couperai la tête !”

Les cavaliers partent au galop pour le rattraper. Ils réussissent à mettre la main sur l’homme en quelques instants. Ils font demi-tour et regagnent le campement. Quand ils arrivent, le chef de tribu vient à leur rencontre en souriant, il crie :

— Dieu soit béni ! L’enfant est né et ma fille se porte à merveille !

Il regarde le pauvre homme qui pense que sa dernière heure est venue et lui dit :

— Mécréant ! Je t’ai demandé de prier et pas de blasphémer ! Qu’est-ce qui t’a pris de dire une chose aussi insensée ?

Le pauvre hère s’explique. Il raconte au chef ses déboires avec le Créateur et sa mésaventure avec la prière.

— Mais pourquoi as-tu donc demandé à être sur le dos d’un âne ?

— Si j’avais fait cette prière debout devant toi, tu m’aurais tué immédiatement. Tu n’aurais pas pris le temps de chercher à comprendre. Je t’ai évité une erreur grossière.

Le chef de tribu éclate de rire et, pour récompenser l’homme, il lui fait cadeau de l’âne.

Et c’est ainsi que celui-ci est rentré tranquillement chez lui.

HASSAN LE PORTEFAIX

Hassan est portefaix. Il est tous les jours, dès l'aube, devant le marché central d'Istanbul. Il n'a que son dos, ses sangles et son énorme panier à louer.

Un jour, il est là à attendre, et voilà une femme, un bébé sur le bras, qui s'approche de lui. Elle est bien portante et toute vêtue de noir. Elle vient d'acheter une quantité incroyable de fruits et de légumes. Elle lui demande de porter ses provisions à la grande mosquée de la ville. Il charge, il sangle et, quand il est prêt, elle lui colle le bébé dans les bras et se met en marche. Hassan ne sait pas comment on fait pour porter un nouveau-né. Il fait du mieux qu'il peut et suit la femme. Elle fend la foule et marche rapidement. Chargé comme il est, Hassan a du mal à suivre.

Il se fraye difficilement un chemin à travers la foule dense des rues quand, soudain, on lui frappe sur l'épaule. C'est son cousin du village qu'il n'a pas vu depuis deux ans. Ils échangent des nouvelles et, quand le cousin est parti, Hassan le portefaix a perdu de vue la femme.

Il la cherche du regard, elle a bel et bien disparu. Il se souvient : la femme a dit “la grande mosquée”. Il prend donc la direction de la grande mosquée quand le bébé se met à pleurer. Hassan ne sait que faire, il n'a jamais pris soin d'un tout-petit. Il berce et secoue tout en marchant.

Il arrive enfin dans la cour intérieure de la mosquée, le petit pleure de plus en plus fort. Hassan regarde partout, se renseigne. Nul n'a vu une femme ronde et vêtue de noir. Le bébé n'arrête pas de pleurer. Un homme est assis à côté de la fontaine des ablutions. Il semble faire partie des murs. Hassan l'interroge et lui raconte ses soucis. L'homme lui dit :

— Pose ton panier, mon fils. J'y veillerai. Quant au marmot, je connais un bon moyen de t'en débarrasser. Je passe mes journées ici et j'observe tout ce qui s'y passe. Hier une femme a posé un bébé sur la dalle en marbre là-bas et une vieille est venue le récupérer. Pose le petit sur la dalle et la vieille reviendra. Elle prendra le petit et tu en seras débarrassé.

Hassan est soulagé. Il pose le petit qui pleure encore sur la dalle et s'accroupit derrière une colonne pour observer la suite des événements. Il attend depuis un moment quand un coup de bâton s'abat sur lui. Il bondit sur ses pieds et il a devant lui une vieille qui tient un bébé sur un bras et un gros bâton dans la main :

— C'est donc toi qui abandonnes tes enfants ici ! Reprends le petit dernier et voici celui que tu as laissé hier !

La vieille lui colle les deux bébés dans les bras et disparaît.

Hassan a un bébé qui braille sur chaque bras maintenant. Heureusement qu'il a deux bras !

Il erre dans la ville, espérant retrouver au moins la mère du premier. Les enfants hurlent à qui mieux mieux. Désespéré, il s'assied sur le bord d'un trottoir et se met à pleurer lui aussi.

Une femme toute ridée s'approche de lui :

— Quelle honte pour un homme jeune et fort comme toi de pleurer ainsi quand il a deux si beaux enfants !

Hassan lui raconte sa mésaventure et la femme ridée a une idée de génie :

— Mon fils, les bébés c'est une affaire de femmes – il y en a encore qui pensent comme ça ! Va sonner à la porte du hammam, quand la tenancière va ouvrir, tu lui donnes les deux marmots et tu lui dis : "Ma patronne arrive derrière moi, je vous laisse ses enfants." Elle les prendra et toi tu disparaîtras.

Hassan la remercie de tout son cœur. Il va au hammam et frappe à la porte. La tenancière lui ouvre, il dit :

— Ma patronne arrive, elle est derrière, je vous laisse ses petits.

La matrone lui répond :

— Attends, j'arrive !

Elle referme la porte et revient quelques secondes plus tard avec un bébé dans les bras :

— Tu m'as déjà fait le coup hier, reprends celui-ci !

Elle colle un troisième marmot dans les bras du portefaix et lui claque la porte au nez.

Hassan est bien embêté, deux bras pour trois bébés qui pleurent à l'unisson…

Il erre dans la ville encore et encore quand une patrouille de gendarmes lui tombe dessus.

La femme, la mère du premier petit, avait porté plainte pour l'enlèvement de son enfant. Les gendarmes étaient à la recherche d'un suspect, portefaix, avec un bébé et les voilà devant un homme qui en porte trois !

Hassan est emmené au commissariat où il raconte son histoire. Les gendarmes rient aux larmes. Le responsable lui donne alors un conseil :

— Le padichah est malade. Il a perdu goût à la vie. Va chez lui et raconte-lui ton histoire, cela lui fera le plus grand bien.

Hassan va au palais. Il se présente devant le padichah qui broie du noir. Les trois petits crient à qui mieux mieux. Il raconte son histoire au padichah qui rit pour la première fois depuis trois ans. Celui-ci avait perdu sa joie de vivre car il désirait plus que tout au monde avoir un fils et il n'en avait pas. Il rit beaucoup mais il ne supporte plus les pleurs des bébés. Il demande à ses gardes de les emmener dans les appartements des femmes et bénit le ciel de ne pas avoir d'enfants.

Il fait rechercher les mères et leur rend leurs petits. Il fait aussi donner deux bourses d'or à Hassan.

Celui-ci est toujours portefaix mais il s'est juré que plus jamais il ne louerait ses services à des femmes qui portent des nouveau-nés.

Il s'est aussi juré de ne pas avoir d'enfants… en tous les cas pas avant longtemps.

LE PRINCE DEVENU FEMME

Il y avait autrefois un roi qui se nommait Bwoogi, et comme beaucoup de rois, en ce temps-là, il avait plusieurs femmes.

Un jour, sa première femme met au monde un petit garçon. Celui-ci arrive dans la vie les mains bien fermées. Dans l'une il tient du grain et dans l'autre deux baguettes de tambour. C'est le signe qu'il sera, un jour, l'héritier du royaume. On le nomme Kalemeela.

Une vieille nourrice prend soin du jeune prince depuis sa naissance. Elle veille sur lui, nuit et jour. Elle l'élève avec amour et le protège de la jalousie de ses demi-frères. Il ne voit que très rarement sa mère.

Le roi, quant à lui, vaque à ses occupations de roi. Il reçoit quotidiennement les honneurs et les présents de ses sujets. Les uns lui offrent du bois sec, les autres de la bière, d'autres encore de l'herbe sèche. Quand il voit une jeune fille qui est à son goût, il envoie un émissaire offrir du bétail à sa famille et il le charge de préparer la noce.

Le roi épouse toutes celles qu'il désire.

Les jours, les mois et les ans passent et Kalemeela grandit jusqu'à devenir un beau jeune homme. Il est aimable avec tout le monde, il trouve toujours la parole qui fait plaisir, le geste agréable. Jamais il ne manque de respect à quiconque.

Un jour, Kalemeela voit une jeune fille belle à souhait et il en tombe follement amoureux. Elle s'appelle Kyanyiamateite. Il faut dire qu'elle est la grâce personnifiée et qu'elle porte un amour immense au jeune prince.

La nourrice les observe discrètement et tente de faciliter leurs rencontres amoureuses.

Un jour, un groupe de jeunes filles se présente à la cour du roi. Elles lui offrent de l'herbe sèche, elles dansent et chantent pour le réjouir. Le roi remarque la grande beauté de l'une d'entre elles ; il n'en détache plus son regard. Dès qu'elle est repartie, il envoie son homme de confiance chez sa famille pour la demander en mariage. Il apprend de la bouche de son conseiller qu'elle se nomme Kyanyiamateite.

Le soir même, la jeune fille est amenée dans les appartements du roi pour devenir sa femme.

Quand Kalemeela apprend la nouvelle, quand il découvre que son père vient d'épouser la jeune fille qu'il aime, il sombre dans un désespoir immense. Il lui est impossible de s'opposer aux desseins de son père, il lui est aussi impossible d'oublier Kyanyiamateite. Il en perd le sommeil et l'appétit de la vie.

Un jour, le roi doit s'absenter du palais pour plusieurs semaines, il doit visiter son royaume.

A peine est-il parti que Kalemeela fait semblant d'être malade. Il garde le lit et refuse de boire et de manger. Sa nourrice use de toutes les ruses pour le nourrir, mais en vain. Elle lui présente les mets qu'il préfère, elle lui propose des plats appétissants mais rien n'y fait. Il refuse obstinément de s'alimenter. Le jeune prince s'affaiblit de jour en jour et son état est de plus en plus alarmant.

La nourrice finit par le supplier en pleurant :

— Que puis-je te donner afin que tu acceptes de manger ? Que désires-tu ?

Il répond :

— Je veux revoir Kyanyiamateite.

Elle le savait. De peur de l'exposer à la colère de son père, elle tente de le raisonner :

— C'est la femme de ton père maintenant. Tu ne peux plus la désirer. Tu risques ta vie.

Il ne cède pas. Il ne veut rien entendre :

— Si je ne la revois pas, je me laisserai mourir.

La nourrice l'aime plus que tout au monde, elle est prête à tout pour ne pas le perdre. Discrètement, elle arrange une rencontre dans la chambre de Kyanyiamateite.

Quand les deux jeunes gens se retrouvent, leur bonheur n'a pas de limites. Ils mangent, ils boivent, ils discutent dans une joie intense et, quand la nuit tombe, ils dorment ensemble. Ils ne se quittent plus, jusqu'au retour du roi.

Quand le roi revient au palais, une grande fête est célébrée pour l'accueillir. Une fête qui dure plusieurs jours. Certaines femmes du palais avaient observé les allées et venues du prince dans les appartements de Kyanyiamateite. L'une d'entre elles décide d'en informer le roi et, pour ce faire, elle compose une chanson qu'elle chante pendant que la cérémonie d'accueil bat son plein. Sa voix couvre le son des tambours. Le roi écoute attentivement les paroles de sa chanson et il entend clairement tout ce qu'elle dit :

Kalemeela, fils de Bwoogi,
Ils t'ont offert des bananes et de la viande,
Tu as refusé de manger.
Ils t'ont offert du jus de banane bien sucré,
Tu as refusé de boire.
Ils t'ont demandé : "Que désires-tu ?"
Tu as répondu : "Je veux dormir."
Ils t'ont demandé :
"Avec qui veux-tu dormir ?"
Tu as répondu :
"Avec ma Kyanyiamateite."
Ainsi ont été exaucés tes vœux,
Kalemeela, fils de Bwoogi,
Ainsi ont été exaucés tes vœux.

Le roi n'en croit pas ses oreilles. Il fait appeler la chanteuse à ses côtés et lui demande :

— Que chantais-tu ? Je n'ai pas bien compris. Raconte-moi ce que tu as vu pendant mon absence.

— Mon roi, j'ai vu le prince Kalemeela dormir dans le lit de Kyanyiamateite.

— Je ne comprends pas.

Et la femme d'expliquer :

— Ton fils a dormi avec ta dernière épouse, Kyanyiamateite.

Le roi, fou de rage, appelle ses conseillers, ses soldats, son fils et sa nourrice et devant eux il proclame :

— Je condamne à mort mon fils Kalemeela ainsi que sa nourrice qui est sa complice, pour le déshonneur qu'ils ont jeté sur mon royaume. Soldats, vous les emmènerez dans la forêt pour les mettre à mort mais avant que vous ne partiez, je dois faire ce que j'ai à faire.

Devant toute l'assemblée réunie, le roi ampute le sexe de Kalemeela.

Le jeune homme mutilé est envoyé avec sa nourrice au fin fond de la forêt pour y être exécuté. Ils sont escortés par les soldats du roi.

Quand le cortège macabre arrive au lieu même où l'exécution doit avoir lieu, les soldats s'approchent de Kalemeela et lui disent :

— Tu as toujours été aimable et généreux avec nous. Tu n'as jamais fait de mal à personne et nous ne pouvons pas te tuer. Nous savons que nous risquons nos vies en désobéissant aux ordres du roi mais nous prenons le risque. Toi, promets-nous que tu t'en iras loin avec ta nourrice et que tu ne reviendras plus jamais.

— Je promets, répond le prince.

Les soldats abandonnent le jeune homme et la nourrice dans la forêt et regagnent le palais. Ils informent le roi que ses ordres ont été exécutés : "Ton fils et sa nourrice sont morts !"

Kalemeela se met à marcher dans la forêt avec sa nourrice. Elle lui fait mettre des vêtements de jeune fille. Il remercie cent fois le ciel d'être encore en vie et se souvient du proverbe qui dit : "Il vaut mieux être haï par le roi que par son peuple."

Ils traversent ainsi la forêt sombre et dense. Ils marchent des jours et des jours sans savoir où ils vont. A force de marcher, ils finissent par arriver de l'autre côté de la forêt. Ils continuent d'avancer jusqu'au moment où ils croisent un berger. L'homme leur demande d'où ils viennent et les deux femmes répondent d'une seule voix :

— Nous ne savons pas d'où nous venons. Nous ne savons pas où nous allons. Nous errons sans but et nous avons faim. Pourrais-tu nous indiquer un lieu où nous pourrons trouver à manger ?

Le berger les emmène chez son roi, car ils sont arrivés, sans le savoir, sur les terres d'un autre royaume. Le roi les accueille généreusement, il leur offre à manger et à boire et leur donne un lopin de terre à cultiver.

Le roi regarde les deux femmes s'éloigner quand son fils aîné vient le rejoindre :

— Père, la jeune fille qui vient de partir est très belle. Depuis des années, tu souhaites me voir prendre femme et c'est la première fois que je rencontre une jeune fille à mon goût. Je veux l'épouser.

— Je ferai de mon mieux pour que les noces soient célébrées au plus tôt.

Quand Kalemeela apprend l'amour que le prince lui porte, quand il sait que celui-ci veut l'épouser, il est saisi de peur. Il demande conseil à sa nourrice :

— Qu'allons-nous faire ? Tu sais que je suis un homme.

— Accepte ce mariage et advienne que pourra. Quand tu seras marié, tu diras toute la vérité à ton époux et tu verras comment il réagira.

Quelques jours plus tard, la noce est célébrée en grande pompe. La même nuit, Kalemeela avoue à son compagnon sa véritable identité :

— Mon vêtement cache un secret dont ma propre vie dépend.

Le prince, nouveau marié, écoute, il comprend et se réjouit de vivre avec un prince comme lui. Il promet de garder le secret et de rester fidèle à son nouveau compagnon.

Mais il y a toujours un jour dans les histoires...

Deux vieilles femmes du palais veulent un jour voir de près la femme de leur prince. Comme elles n'ont pas accès à ses appartements privés, elles regardent par le trou de la serrure de son cabinet de toilette. Quelle surprise ! Elles voient la jeune femme debout, avec un sexe d'homme mutilé.

A peine ont-elles découvert la véritable identité de la nouvelle princesse qu'elles se précipitent chez le roi pour l'en informer :

— Roi, ta bru est un homme !

Et avec beaucoup de zèle, elles décrivent au roi tous les détails de l'anatomie de la princesse.

Le roi en est abasourdi. Une abomination qui pourrait réduire à néant son pouvoir, son honneur, sa famille et son royaume ! Il veut en avoir le cœur net mais il ne peut tout de même pas dévêtir sa propre bru pour la regarder de près ! Il réunit ses conseillers et leur présente la situation. Il les somme de garder le secret et de trouver un moyen pour sauver son honneur.

— Comment savoir si ce sont les vieilles femmes qui fabulent ou si mon fils a réellement épousé un homme ? Si mon fils est marié avec un homme, je le ferai mettre à mort ainsi que la fausse mariée et sa nourrice.

Les conseillers réfléchissent toute la nuit et, au petit matin, ils trouvent une solution. Le roi fait battre les tambours et fait annoncer à tout son peuple la nouvelle : "Demain, tous les citoyens, jeunes et vieux, hommes et femmes, doivent se présenter nus sur la rive du fleuve. Ils traverseront le fleuve à la nage."

Les nouveaux mariés entendent la nouvelle et ne savent pas comment échapper à la colère du souverain. Kalemeela, affolé, va trouver sa nourrice :

— Si je ne me présente pas au bord du fleuve demain, ils sauront qui je suis et ils me tueront et, si je me présente, ils verront ma nudité et je mourrai aussi.

— Ne t'inquiète pas, mon fils. J'y ai déjà pensé. J'ai ce qu'il faut, demain matin tu seras une femme. Allez vous amuser tous les deux et ne vous faites aucun souci.

Cette nuit, pendant que tout le monde dort, la nourrice allonge Kalemeela sur le dos et applique des onguents sur la partie mutilée de son corps et sur sa poitrine. Il dort ainsi toute la nuit et, à son réveil, il se regarde : à la place de son sexe mutilé il a un superbe pubis de femme et sur sa poitrine deux seins se dressent fièrement. Il se précipite auprès de son compagnon pour lui annoncer la bonne nouvelle. Leur joie n'a pas de limites, ils rient aux éclats et s'embrassent joyeusement. Ils sont sauvés !

Le lendemain matin, les tambours annoncent le rassemblement sur la rive du fleuve. Le peuple, au grand complet, se présente. Tous sans exception, jeunes et vieux, femmes et hommes. Le roi s'adresse à eux :

— Une abomination s'est abattue sur mon palais. Vous allez tous vous déshabiller et traverser le fleuve à la nage. Quand vous aurez terminé, je vous dirai la raison de tout ceci.

Tous ceux qui sont là commencent à se déshabiller. Au moment d'emmener les troupeaux paître, la nourrice de Kalemeela s'approche du roi et lui dit :

— Seigneur, je voudrais que ta bru puisse traverser le fleuve en premier car depuis son réveil elle n'a rien mangé et n'a pas encore pu se laver. Aussi, il serait souhaitable qu'elle puisse traverser le fleuve tout de suite afin que je puisse la ramener chez elle pour la servir.

Le roi s'empresse d'accepter ; il attend impatiemment cet instant.

Le prince, enfin la princesse, la jeune mariée tremble de la tête aux pieds : “Je suis fils de roi et je suis femme. Comment puis-je me mettre nue devant tout ce monde ?” La nourrice l'encourage :

— Ote tous tes vêtements, le peuple est venu pour te voir !

Elle a enfin le courage de retirer tous ses vêtements mais elle garde ses sous-vêtements. La nourrice continue de l'encourager :

— Enlève tes sous-vêtements aussi, ils sont venus pour te voir nue !

La jeune femme est enfin nue. Elle entre dans l'eau et patauge. Toutes les parties de son corps sont visibles. Le roi et ses conseillers l'observent, ils détournent les yeux et se regardent, gênés. La nourrice jubile. Quand la princesse arrive au milieu du fleuve, la nourrice l'appelle et lui demande de faire demi-tour. La reine se précipite vers sa belle-fille et la recouvre d'un tissu.

Les tambours se mettent à résonner et le peuple se met à danser.

Les conseillers somment le roi de réparer la honte d'avoir vu sa belle-fille nue. Ils noient les vieilles commères qui avaient jeté l'opprobre sur le couple princier dans le fleuve.

Ils sacrifient un taureau pour laver l'honneur de la famille royale et le partagent avec le peuple.

Les noces sont célébrées une deuxième fois. Les festivités durent sept jours. C'est ainsi que Kalemeela devient bel et bien la belle-fille du roi.

Quand le roi est mort, le prince est devenu roi à sa place. Kalemeela est devenue reine et lui a donné trois fils et une fille. La magie de la nourrice était si puissante que Kalemeela est restée femme jusqu'à la fin de sa vie.

Tout ce que nous voyons n'est pas bon à dire.
A chacun de faire son bonheur comme il l'entend.

L'IVROGNE ET LE SULTAN

Un sultan tout-puissant a du souci.

Un homme dans son royaume dit tout haut, au tout-venant, ce que le peuple pense tout bas. Il fustige à plein temps l'iniquité du sultan.

Celui-ci n'a qu'une seule envie, se débarrasser de lui.

Il convoque ses conseillers, leur demande leur avis. Ils sont unanimes : "Il faut le tuer."

Le souverain craint les émeutes. Il cherche une solution plus prudente. Le vizir a une idée :

— Sultan du temps, cet homme est un ivrogne et la consommation d'alcool est interdite dans ce royaume. Il faut le suivre et le surveiller. Quand on le verra boire, on le saisira et tu le banniras. Ainsi tu en seras débarrassé sans créer de remous dans la population.

— Bonne idée, dit le roi. Mettez une centaine d'hommes derrière lui et celui qui nous permettra de le prendre la main dans le sac sera récompensé.

Ce ne sont pas les volontaires qui manquent. Dès le lendemain matin, l'homme est suivi par un essaim d'indicateurs zélés. Ils le suivent comme son ombre et ne le lâchent pas d'un pas.

L'homme est un ivrogne mais il n'est pas fou. Ils sont si discrets qu'il les voit immédiatement.

Les hommes le suivent nuit et jour, une semaine, deux semaines, un mois. Il n'a pas bu une goutte d'alcool. Découragés, certains abandonnent.

Un mois plus tard, l'ivrogne n'a pas bu une seule fois. Ses poursuivants sont de moins en moins nombreux. Au bout de trois mois, un seul continue de le suivre et de le surveiller.

Une nuit, le ciel est sombre, l'obscurité est dense, pas une étoile n'éclaire la voûte céleste. L'ivrogne sort de chez lui, son seul poursuivant sur les talons.

Il fait si noir que le suiveur est à moins d'un mètre de lui, de peur de le laisser s'échapper. Ils marchent rapidement l'un derrière l'autre jusqu'à la sortie de la ville et là, l'ivrogne disparaît comme par enchantement.

Celui qui le suit a beau scruter la nuit, il ne le voit pas. Il cherche partout, à gauche, à droite, en haut, en bas… et là, devant lui, un immense trou de plusieurs mètres de profondeur.

Il regarde dans le trou et voit, tout en bas, l'ivrogne accroupi, une immense calebasse dans les mains, et il boit. Il boit goulûment de la *marîssa*, un alcool de dattes puissant.

L'alerte est donnée au palais et, dans les minutes qui suivent, le sultan est debout au bord du trou avec son armée au grand complet. Ils font sortir l'ivrogne et, quand il est debout devant le sultan, celui-ci s'adresse à lui :

— Tu es pris en flagrant délit. La consommation d'alcool est interdite dans ce pays et, pour avoir transgressé la loi, tu seras banni !

— Sauf le respect que je te dois, sultan du temps, tu n'es pas dans ton droit. Ton pouvoir s'étend sur toute la terre de ton royaume, pas dessous. Or quand j'ai bu de la *marîssa*, j'étais à plus de trois mètres sous la terre. Ta condamnation n'est pas recevable.

Le sultan est vert de rage. Il dit :

— Tu te présenteras demain matin dans la salle d'audience du palais et, si tu ne veux pas périr la tête tranchée, tu as intérêt à être là dès l'ouverture.

Une fois arrivé au palais, le sultan convoque tous ses conseillers et leur dit :

— Demain, quand l'ivrogne sera là, je demanderai à chacun de vous deux œufs. Débrouillez-vous pour me les donner.

Le lendemain matin, l'ivrogne se présente dans la salle d'audience au lever du soleil. Le sultan l'invite à se joindre aux conseillers puis il dit :

— Voici un panier. Je vais passer auprès de chacun de vous et vous demander de me pondre deux œufs. Celui qui ne s'exécute pas sera condamné à avoir la tête coupée !

Le sultan s'approche tour à tour de chacun des conseillers. Chaque fois qu'il leur demande de pondre deux œufs, ceux-ci se perchent sur une table et, *cotcotcotcot*, font mine de pondre avant de lui tendre deux œufs. Le sultan met le butin dans le panier.

Il fait ainsi le tour de tous les conseillers et chacun de se percher sur une table, de caqueter et de lui offrir deux œufs. Il ne reste plus que l'ivrogne. Le sultan s'approche de lui et le voit se percher, comme les autres, sur une table et hurler *cocoricooo.*

— Tu me prends pour un imbécile ? vocifère le sultan.

— Sultan du temps, as-tu jamais vu pondre des poules dans un poulailler où il n'y a aucun coq ?

L'HISTOIRE DE JAMÎL, FILS D'UN MARCHAND DE BAGDAD

On raconte qu'à l'époque de Haroun al-Rachid vivait un jeune homme qui s'appelait Jamîl.

Il était le fils unique du marchand de tissus le plus riche de Bagdad, nommée en ce temps-là la Cité de la Paix.

A la mort de son père, Jamîl a hérité de son magasin, de ses marchandises, des coupons de soie, de brocart, et d'un coffre rempli d'or qui était si lourd qu'il fallait vingt hommes pour le soulever.

Jamîl a pleuré son père puis il l'a enterré à Nadjaf la sainte, avant de revenir à Bagdad reprendre son commerce.

Il travaillait tous les jours du matin au soir. Quand la nuit tombait, il se plaisait à naviguer sur le fleuve avec son bateau. Il allait d'île en île manger du poisson grillé et boire de l'arak.

C'est justement un soir qu'il était sur son bateau que tout a commencé.

Jamîl navigue, rêveur. Il regarde le ciel et rêve à sa vie quand il aperçoit, sur la rive, une belle maison entourée de grenadiers. Il lève la tête et, dans l'encadrement d'une fenêtre, il voit une jeune fille qui est la beauté personnifiée. Jamîl est abasourdi ; il n'avait jamais imaginé qu'une telle grâce puisse exister. La belle a une peau veloutée et blanche comme le lys et la rose mêlés. Elle a des yeux de gazelle. Ses seins sont ronds comme des grenades. Sa taille est aussi fine que celle d'un garçon. La jeune fille est au zénith de la perfection. Jamîl est ivre, il murmure, comme une prière : "Mon seul désir sur terre est d'aimer cette perle !"

Le jeune homme ne voit plus les îles, il ne sait plus où il est. Il rentre immédiatement chez lui et va trouver une vieille voisine avisée, une femme de confiance qui méprise les ragots et pour laquelle un secret est sacré. Il dit à la femme : "Va dans telle rue, il y a une maison au milieu d'un jardin de grenadiers. Une jeune fille au visage lumineux comme la pleine lune y vit. Tente de savoir tout ce qu'il est possible d'apprendre sur elle et reviens vite me raconter tout ce que tu auras appris."

Le lendemain matin, la femme avisée se rend à la maison au bord du fleuve et revient quelques heures plus tard. Elle dit à Jamîl : "La jeune fille au visage lumineux comme la pleine lune se nomme Amîra. C'est la fille d'un pauvre barbier persan venu de Chiraz. Elle était toute petite quand ils sont arrivés ici. C'est vraiment pénible pour un petit enfant de voyager longtemps, quand j'étais petite mon père nous a amenés ici à dos d'âne de Mossoul..."

La femme continue de parler, mais Jamîl ne l'écoute plus depuis un bon moment. Ses pensées s'emballent, ses rêves s'enchevêtrent... Il interrompt brutalement les paroles de la femme :

— Est-elle mariée ?

— Non. Elle est jeune fille.

— Est-elle fiancée ou promise à quelqu'un ?

— Elle n'est la promise de personne mais les obstacles sont nombreux si tu veux l'épouser. Je ne vais rien te cacher, mon garçon ; elle était très pauvre quand elle est arrivée ici. Quand son père est mort, il ne lui a laissé aucun héritage. Aujourd'hui elle est plus que riche et sa fortune dépasse, de loin, la tienne.

Jamîl est abasourdi :

— Elle n'est pas mariée, dis-tu... D'où tient-elle cette fortune alors ?

— J'ai appris de la bouche même de ses servantes que jamais un homme n'a pu l'approcher, jamais un homme ne lui a touché la main et pourtant c'est en vendant ses charmes qu'elle a amassé sa fortune. Elle dépasse en beauté toutes les femmes de la Cité de la Paix. Les hommes nobles et riches donneraient des sacs d'or pour voir ses grâces de près. Or cette demoiselle leur montre son visage pour cinquante dirhams. Voir son corps de la tête à la taille, vêtu de la soie la plus précieuse, coûte cent dirhams. Tu peux la voir de la tête aux pieds, parée des plus belles broderies d'Ispahan, pour deux cents dirhams. La voir nue jusqu'à la taille est possible en échange de cinq cents dirhams et alors, celui qui souhaite admirer toute la perfection de son corps nu doit payer mille dirhams. Mais sache qu'entre celui qui admire ce chef-d'œuvre du Créateur et la jeune fille, se dresse en permanence une grille infranchissable dont les barreaux sont épais comme le bras. C'est le seul moyen qu'elle concède aux hommes pour l'admirer.

Jamîl est au comble de l'étonnement. Cette nuit-là, il ne trouve pas le sommeil. Il réfléchit et rêve éveillé. Il pense au moyen de rencontrer Amîra, aux chances de l'épouser. Il revoit son visage et il est inquiet ; si un jour elle devient sa femme, comment cacher aux marchands qu'il connaît la manière dont elle gagnait sa vie avant de le rencontrer, comment elle exhibait sa beauté nue ? Il a beau réfléchir, aucune solution à ses tourments… Sa passion brûlante est sa seule certitude.

Le lendemain matin, son désir est tel qu'il décide d'aller voir Amîra, comme un client ordinaire. Il réfléchit longuement et se dit que s'il a un jour une chance de l'épouser, il ne faudra pas qu'elle reconnaisse son visage. Il ne faudra pas qu'elle se sente humiliée. Il se rend donc chez un marchand de la ville, passé maître dans l'art du déguisement. Il ressort de sa boutique, une heure plus tard, vêtu comme un secrétaire turc, une barbe noire en laine de mouton collée au visage. Ses amis le croisent dans les ruelles du marché sans le reconnaître.

Il marche d'un pas décidé vers la maison entourée de grenadiers. Le cœur battant, il frappe à la porte. Un eunuque immense et armé d'un sabre lui ouvre la porte. Il est suivi de dix de ses semblables. Une vieille femme s'approche de lui et lui demande ce qu'il vient faire. Jamîl lui répond simplement :

— Je souhaite voir ta maîtresse, Amîra.

— Tu veux la voir comment, ma maîtresse ? Tu veux voir son visage ou préfères-tu voir le haut de son corps paré de soies rares ou encore désires-tu la voir toute nue ?

Jamîl est bouleversé, il en perd les mots et finit par articuler :

— Ce n'est pas ainsi que je souhaite la rencontrer. Je voudrais seulement m'entretenir avec elle d'un sujet d'une très grande importance…

La vieille se met à rire :

— Impossible, ce n'est pas prévu dans le règlement.

Elle fait signe aux eunuques qui s'approchent, menaçants, du jeune homme. Celui-ci, affolé, sort cinquante dirhams de sa poche, les tend à la vieille et balbutie : “Son visage !”

La vieille femme ouvre une porte et emmène Jamîl en haut d'un escalier étroit gardé par des eunuques armés de sabres. Elle le laisse dans une pièce dont la seule ouverture est protégée par une grille dont chaque barreau est de l'épaisseur d'un bras. Elle le prévient avant de disparaître : "Si tu oses lui adresser la parole, un volet métallique s'abattra devant toi et elle disparaîtra."

Il est seul maintenant. De l'autre côté de la grille il peut voir une chambre richement meublée. Il attend impatiemment, le cœur battant, sans oser bouger. Soudain, il voit une porte s'ouvrir de l'autre côté de la grille et le visage d'Amîra apparaît dans toute sa splendeur. Jamîl tremble de la tête aux pieds. Elle est encore plus belle que dans son souvenir ; ses oreilles sont délicates comme des pétales de rose, son front est blanc comme le lait, ses joues sont veloutées comme la peau d'une pêche mûre, ses lèvres sont aussi troublantes que le désir et ses yeux… les regarder lui fait perdre la tête.

Enfin, Jamîl peut admirer le visage de sa bien-aimée. Il en perd la raison et ne sait plus ce qu'il fait ; il lui parle d'une voix tremblante : "Madame, c'est mon maître qui m'envoie vers vous. C'est un marchand fortuné d'Istanbul et il désire vous épouser. Il vous offrira un coffre rempli d'or, les plus beaux vêtements et tout ce que vous lui demanderez si vous acceptez de quitter Bagdad pour devenir sa femme…" La belle Amîra lève une main et, aussitôt, un volet métallique s'abat le long de la grille et l'enlève à son regard.

Jamîl a le cœur serré par le chagrin. Il quitte la pièce, il quitte la maison entourée de grenadiers et regagne son magasin. Ce jour-là il n'entreprend aucun négoce, il n'accueille aucun client. Il a tout simplement perdu la raison.

Le lendemain, le surlendemain et tous les jours suivants, il se présente devant la maison entourée de grenadiers dans son accoutrement de secrétaire turc. Tous les jours, il donne mille dirhams à la vieille et tous les jours il admire la perfection du corps nu de sa bien-aimée. Tous les jours son corps tremble et tous les jours il tente de lui parler. Mais tous les jours aussi, le volet métallique s'abat devant lui.

Cela a bien duré six mois et c'est ainsi que Jamîl s'est retrouvé ruiné.

Il n'a plus un seul coupon de tissu à vendre, il n'a plus un dirham dans la poche. Il a tout vendu et dilapidé toute sa fortune.

Avec rien dans les poches, il se rend, une fois de plus, à la maison entourée de grenadiers. Quand la vieille femme lui ouvre la porte, il lui dit :

— J'ai dépensé tout l'argent que mon maître m'a confié et je n'ai pas réussi à mener à bien la mission dont il m'avait chargé. Je voudrais voir une dernière fois ta maîtresse afin de lui faire ma demande…

Il n'a pas fini de parler qu'une armée d'eunuques se rue sur lui et le chasse à coups de bâton. Jamîl est jeté à terre, battu et laissé pour mort dans la rue. La vieille s'approche alors de lui et lui dit :

— Tu as ce que tu mérites, chien de ton maître. Par le châtiment que tu viens de subir, ma maîtresse a pris sa revanche sur toute la tribu d'Adam. Sache qu'elle est de sang royal. Son père était roi de Perse et, par la traîtrise de ses ministres et de ses soldats, il a perdu son trône et a dû s'exiler. Sa mère, la reine, qui était d'une beauté inégalée, a subi les pires atrocités de la part des traîtres qui ont fini par la tuer. Dès lors qu'elle a été en âge de comprendre la vie, ma maîtresse Amîra a décidé que sa beauté serait sa seule arme pour mener les hommes à la ruine car l'espèce des hommes est l'incarnation du mal. Seules les femmes sont dignes d'incarner les qualités humaines.

La vieille claque la porte et Jamîl se retrouve seul, dans la poussière. Il se lève, le cœur rempli de chagrin, et rentre dans sa boutique, qui est entièrement vide. Il pleure toutes les larmes de son corps.

Ce jour-là, Abû Nuwâs, compagnon et ami du Commandeur des croyants, Haroun al-Rachid, se promène, déguisé en homme du peuple, dans les rues du marché. C'est sa manière à lui de se divertir, loin des soucis de l'Etat. Il admire les étals des riches marchands ; il admire les soies de Chine, les brocarts, les broderies de Damas, quand il passe devant un magasin entièrement vide. Sa curiosité piquée au vif, il y entre et voit, derrière le comptoir, un jeune homme d'une grande beauté qui pleure comme un enfant. Abû Nuwâs en a le cœur brisé :

— Que ta journée soit radieuse, jeune homme, dit-il. Que vends-tu ? Ta beauté sans doute puisqu'il n'y a rien d'autre dans cette boutique.

— Je n'ai que moi-même au monde, maître. Me voici affligé d'une douleur et d'un tourment qui me rendent fou. Que mes yeux soient ouverts ou qu'ils soient fermés, je ne vois que le visage d'une jeune fille. Je ne peux plus entreprendre une seule affaire, je ne peux plus prendre une seule décision. Seul l'ange de la mort pourra me sauver de cette torture.

Abû Nuwâs veut en savoir davantage. Il s'installe dans le magasin de Jamîl et lui pose mille et une questions. Il veut tout savoir et le jeune homme finit par lui raconter tout ce que nous savons déjà, il n'omet aucun détail. Abû Nuwâs sourit, amusé. Il se dit que cette histoire pourrait bien prendre un tournant édifiant et qu'il finirait bien par la raconter au calife pour le distraire. Il dit :

— Jeune homme, ton chagrin me va droit au cœur. Tu as mené ton affaire avec beaucoup de naïveté à ce jour. L'expérience et la sagesse pourraient rendre possibles tous tes rêves. Si tu m'écoutes bien, tu récupéreras toutes tes richesses et la paix dans ton cœur. Tu dois juste me suivre et faire tout ce que je fais. Tant que je garderai l'œil droit ouvert, tu imiteras toutes mes actions. Si je ferme l'œil droit, tu t'abstiendras de toute initiative jusqu'à ce que tu obtiennes ce que tu désires.

Abû Nuwâs emmène donc le jeune homme chez un marchand de vêtements et tous les deux se déguisent en Chinois en prenant soin de laisser le beau visage de Jamîl tel quel, sans aucune transformation. Ensuite ils se dirigent vers le fleuve où Abû Nuwâs achète un bateau et un âne solide qu'il harnache et qu'il attache à l'embarcation. Ils posent le bateau sur la rive, s'installent dedans et se laissent traîner par l'âne jusqu'à la maison entourée de grenadiers. Quand la maison est en vue, Abû Nuwâs se met à chanter à tue-tête :

Aba Daba, Aba Daba
Daba Aba, Daba Aba
Aba Daba, Aba Daba

Il garde l'œil droit ouvert, Jamîl se met donc à chanter aussi.

Quand ils arrivent devant la maison entourée de grenadiers, ils chantent de plus en plus fort. Une fenêtre s'ouvre à l'étage et ils voient le visage d'une servante qui appelle sa maîtresse :

— Viens ! Il y a deux hommes bizarres qui voyagent dans un bateau qui avance sur terre, traîné par un âne. Quelle comédie !

Une minute plus tard, le beau visage d'Amîra apparaît à la fenêtre.

Abû Nuwâs dit en riant à Jamîl :
— Regarde bien son visage et profites-en ! Tu viens d'économiser cinquante dirhams !

Il tire sur le mors de l'âne qui s'arrête immédiatement. Il met pied à terre, prend du riz, de la viande et une marmite, ramasse du bois et fait du feu dans la marmite. Quand les flammes sont hautes, il met le riz et la viande tels quels, sous la marmite, à même le sol.

Ils entendent Amîra dire à sa servante :

— Ils sont fous ! Le riz n'est même pas trempé dans l'eau. Ces idiots ont mis le feu dans la marmite. Ils ne réussiront jamais à cuire leur repas de cette façon. Comment vont-ils le manger ?

Dix minutes plus tard, Abû Nuwâs dit à Jamîl :

— Mangeons !

Il prend une poignée de riz et de viande et la jette dans le col ouvert de sa chemise.

Son œil droit est ouvert, Jamîl fait de même.

Les deux jeunes filles rient puis Amîra dit à sa servante :

— Descendons les voir de plus près. Ils sont si drôles. Nul n'a jamais rien vu de pareil.

Un instant plus tard, les voici qui sortent de la maison. Elles s'approchent des deux voyageurs et les saluent :

— Etrangers, soyez les bienvenus ! Nous sommes intéressées par vos coutumes et vos manières de faire. Nous n'avons jamais vu quelqu'un préparer à manger comme vous. Quels drôles de personnages êtes-vous donc et d'où venez-vous ?

— Nous venons d'un pays qui s'étend au-delà de la Chine, répond sérieusement Abû Nuwâs. Notre pays est à des années de voyage au-delà des confins de la Chine et aucun Arabe n'a jamais réussi à y mettre les pieds. Notre roi est le grand Aba Daba, le magnifique, le sage. Dans sa grande sagesse, il a instauré des lois conformes à sa philosophie. Celui qui les transgresse est immédiatement condamné à mort. Puisque le feu est l'élément le plus puissant de la terre et qu'il peut même brûler les livres qui contiennent la philosophie, il a décrété qu'il est insultant de poser les aliments au-dessus de ses flammes. Il a de même interdit qu'un être humain enfourche un animal. Les bêtes sont des êtres vivants créés par Dieu, et s'asseoir sur elles est une insulte à l'œuvre du Créateur. Les roues sont interdites aussi, elles sont l'œuvre de Satan, car elles sont le symbole même de sa perfidie. Voilà pourquoi nous voyageons sur des bateaux tirés par des ânes, sur l'eau et sur terre. Quant à notre manière de manger en mettant le riz dans nos chemises, je vous demande quel être humain peut bien manger du riz cru.

Amîra et sa servante rient aux éclats. Les deux énergumènes sont si ridicules. Elles leur font tout de même une proposition :

— Permettez-nous, étrangers, de vous offrir un repas délicatement cuit par nos soins. Vous pourrez ainsi vous restaurer et vous reposer de votre long voyage.

Abû Nuwâs est heureux. Il dit :

— Nous ne pouvons accepter votre invitation que si vous nous donnez vous-mêmes à manger. Notre grand roi Aba Daba possède une lunette magique dans laquelle il peut voir tous ses sujets où qu'ils soient. S'il nous voit mettre de la nourriture cuisinée dans la bouche, il saura que nous avons mangé des aliments cuits au-dessus du feu et nous mourrons. Sa lunette ne lui permet pas de vous voir toutes les deux, vos mains lui seront invisibles.

Amîra et la servante disparaissent dans la maison et préparent un mouton rôti, farci avec une oie qui est elle-même farcie avec une poule qui est elle-même farcie avec un pigeon qui est lui-même farci avec une alouette. Le mouton est posé sur une montagne de riz au safran. De la fenêtre de la cuisine, Amîra observe Jamîl et dit à sa servante :

— Si la bonté et la vertu peuvent exister chez un fils d'Adam, elles habitent le visage de ce jeune homme. Il est beau comme le paradis.

Elles reviennent trois heures plus tard avec le plat de viande et un vin délicieux. La nuit vient de tomber, seules les étoiles éclairent le ciel. La servante nourrit Abû Nuwâs et Amîra nourrit Jamîl de ses mains délicates. Il ne sait pas ce qu'il avale, il mange la belle des yeux et son corps tremble de fièvre. Le repas est exquis, le vin est savoureux. Abû Nuwâs mange et boit goulûment. Quand il est rassasié, il se tourne vers la servante, entoure sa taille de son bras et l'embrasse fougueusement.

Amîra n'a d'yeux que pour Jamîl, elle le trouve beau et sent son cœur se remplir d'amour et de désir. Elle s'approche de lui et dit doucement :

— Faisons la même chose que ces deux-là.

Jamîl regarde son compagnon, il a l'œil droit fermé. A son corps défendant, il répond :

— Notre grand roi Aba Daba n'autorise ses sujets à embrasser une femme qu'après avoir passé des examens en bonne et due forme. Ces épreuves se tiennent une fois tous les cinq ans, en sa présence. Il pense que le baiser est l'art le plus noble en matière d'amour et qu'il faut un diplôme pour pouvoir l'exercer. Mon collègue a obtenu son diplôme avec succès. Moi je suis jeune et je ne l'ai pas encore passé. Si je t'embrasse, il me verra dans sa lunette et, même si tu es invisible, il saura ce que j'ai fait. Je serai condamné à embrasser une barre de fer chauffée au rouge et j'en aurai les lèvres complètement brûlées.

Amîra ne dit plus rien. Elle a le cœur serré. Elle regarde Abû Nuwâs embrasser fougueusement sa servante. Elle les voit s'étreindre, se déshabiller, irradier…

Elle dit à Jamîl :

— Regarde comme ils sont heureux. Pourquoi ne pas faire comme eux ?

La peau de Jamîl frissonne de désir mais l'œil droit de son compagnon est toujours fermé. Il cherche une réponse :

— Belle jeune fille, douce comme le bonheur, sache que notre roi Aba Daba met l'art de l'amour au-dessus de tout. Pour obtenir l'autorisation de le pratiquer, il faut passer des épreuves difficiles. Mon camarade de voyage a réussi brillamment les examens. Je n'ai jamais passé aucun test. Si Aba Daba me voit faire dans sa lunette, je serai enfermé dans une cage avec une tigresse pour lui faire ce qu'il m'aura vu faire avec toi. L'un de mes amis a subi ce châtiment et il s'est fait dévorer par la tigresse.

Amîra l'écoute, au comble de l'étonnement. Elle est choquée par tant de barbarie.

Un peu plus tard, Abû Nuwâs s'approche de Jamîl et d'Amîra et demande à celle-ci pourquoi elle a le regard si triste. Elle lui fait part de son désir pour Jamîl et du refus de celui-ci de répondre à ses avances. Le vieux renard rit sous cape et dit :

— Si tu désires ce jeune homme, tu ne peux l'approcher que si tu l'épouses. Vous vous mariez et vous partagez en deux parts égales ta fortune. Ainsi, il ne sera pas contraint de rentrer dans son pays où notre roi le fera tuer. Il s'installera avec toi, vivra à tes côtés et t'aimera longtemps.

C'est ainsi que Jamîl a épousé la belle Amîra, selon la loi et devant témoins.

Quand il est rentré au palais, Abû Nuwâs a raconté toute l'histoire au Commandeur des croyants, Haroun al-Rachid. Celui-ci a ri pendant trois jours et trois nuits et, pour finir, il a offert à Abû Nuwâs un sac rempli d'or.

On dit que Jamîl et Amîra se sont aimés toute une vie et qu'ils ont vécu longtemps à l'abri des soucis.

DOUCEMENT, MON AMI

Un homme avait deux femmes.

Il avait aussi une mère. Tout pour plaire !

Tout ce petit monde vivait dans la même maison.

Sa mère était aveugle et passait ses journées à gémir, à se plaindre et à le maudire. Elle soufflait, soupirait et jamais ne le bénissait. Elle le couvrait d'injures à longueur de temps.

Pour tenter de l'apaiser, il l'avait installée dans un hamac et avait demandé à ses deux épouses de la bercer et de prévenir tous ses désirs.

Un jour, un marchand passe par là. Il demande à l'homme :

— Pourquoi ta mère est-elle toujours couchée à se faire bercer comme un nouveau-né ?

— Elle est comme ça. Quoi que je fasse, elle me maudit, répond l'homme. Depuis que je suis né, elle ne m'a jamais béni.

Le marchand connaît certaines choses de la vie. En homme avisé, il s'approche de la vieille et lui demande :

— Pourquoi es-tu si mécontente ? C'est un époux que tu voudrais ?

La femme se tortille comme une adolescente, sourit et dit :

— Oui !

Le marchand s'adresse alors au fils :

— Ta mère veut un époux, fais le nécessaire.

L'homme s'approche de sa mère et lui dit doucement :

— Mère, je vais te trouver un mari.

Et l'homme n'en croit pas ses oreilles d'entendre, pour la première fois de sa vie :

— Mon fils, je te bénis !

Les deux brus l'habillent, la parent, lui mettent des anneaux d'or aux oreilles et la parfument. Le fils la porte sur son dos et se met à marcher. Il marche longtemps avant d'arriver devant une grotte, il y entre et dépose sa mère par terre :

— Reste là. Il va arriver.

En vérité, le fils a déposé sa mère dans l'antre de la hyène.

Il la laisse assise là à attendre et s'éloigne de quelques pas pour observer la suite des événements.

La hyène arrive et renifle la vieille. Celle-ci tout excitée la repousse et dit :

— Doucement, doucement, mon ami. Mes parures sont mouillées, mon sucre d'orge, le chat l'a emporté. Doucement ou la graine va se briser.

La hyène continue de la renifler, de la mordiller et la vieille répète :

— Doucement, doucement, mon ami. Mes parures sont mouillées, mon sucre d'orge, le chat l'a emporté. Doucement ou la graine va se briser.

Le fils les observe. Il voit la hyène dévorer sa mère, petit bout par petit bout, et quand elle a tout mangé, il rentre chez lui.

L'oiseau s'est envolé et je vous souhaite une bonne soirée.

LES QUATRE AMIS

Il fait nuit. Quatre hommes marchent sur la route, quatre hommes étranges. Le premier est complètement aveugle, le deuxième est sourd comme une pierre, le troisième est estropié et marche avec des béquilles, et le quatrième tremble de froid, car il n'a que quelques hardes pour se vêtir.

Ils passent à la lisière d'une forêt et entendent un cri.

— Ecoutez, dit le sourd, j'ai entendu un cri, quelqu'un a des ennuis.

— Oui, dit l'aveugle en scrutant l'obscurité, je les vois là-bas.

— Courons ! dit l'estropié. Allons les secourir !

— Non, dit l'homme vêtu de hardes. Ce sont peut-être des voleurs et ils pourraient nous voler nos vêtements !

LE COYOTE VIRE SA QUEUE

Le coyote se promène.

Soudain il entend aboyer et trois chiens se mettent à le courser.

Le coyote n'aime pas le regard féroce des chiens.

Il n'aime pas leurs dents pointues.

Il prend ses pattes à son cou.

Il court comme un fou.

Il voit une grotte. Il s'y engouffre, VLAPPP !

Il est sauvé.

La grotte est si petite qu'il a juste assez de place pour se cacher.

Les chiens féroces sont en colère.

Ils l'attendent dehors.

Ils grognent. Ils sont en rogne.

GRRRR… GRRRR !

Le coyote reprend son souffle.

Il regarde ses pattes et leur dit :

— Pattes ! Qu'avez-vous fait pour m'aider ?

Et les quatre pattes répondent d'une même voix :
— Sur les rochers nous avons grimpé,
Au-dessus des rivières nous avons sauté,
Dans la grotte nous t'avons amené,
Nous t'avons bien aidé !
Nous t'avons bien aidé !

Le coyote est content, il rit.
— J'ai des pattes formidables !

Il regarde ses oreilles et leur demande :
— Oreilles ! Qu'avez-vous fait pour m'aider ?
Et les deux oreilles répondent d'une même voix :
— Les chiens nous avons entendus aboyer,
Le chemin à prendre nous t'avons montré,
Vers le ciel nous nous sommes pointées,
Nous t'avons bien aidé !
Nous t'avons bien aidé !

Le coyote est content, il rit.
— J'ai des oreilles formidables !

Il regarde ses yeux maintenant, enfin, chaque œil regarde l'autre.
Il dit :
— Mes yeux ! Qu'avez-vous fait pour m'aider ?
Et les deux yeux répondent d'une seule voix :
— Partout nous avons regardé,
Les chiens nous avons surveillés,
La grotte nous t'avons montrée,
Nous t'avons bien aidé !
Nous t'avons bien aidé !

Le coyote est content, il rit.
— J'ai des yeux formidables !

Il est si content qu'il chante à tue-tête :
— Je suis un coyote formidable,
J'ai quatre pattes formidables,
J'ai deux oreilles formidables,
J'ai deux yeux formidables !

Tout en chantant, il regarde derrière lui et voit sa queue.

Il arrête de chanter.

Sa queue ne lui plaît pas !

Il crie :

— Queue ! Qu'as-tu fait pour m'aider ? Rien ! Tu te pends à mon derrière sans jamais rien faire !

La queue n'aime pas qu'on lui parle sur ce ton.

Vexée, elle répond :

— Je me suis agitée pour dire aux chiens de venir t'attraper !

— Vieille queue tordue ! hurle le coyote.

Il bondit sur sa queue, la mord et lui donne un violent coup de pied en vociférant :

— Sors de là, allez ouste !

Le coup de pied est si fort que la queue est projetée dehors.

Le coup de pied est si puissant que le coyote suit sa queue immédiatement.

Il se retrouve nez à nez avec les chiens.

Les chiens bondissent sur le coyote qui détale plus vite que l'éclair.

Tout en courant, il répète haletant, il répète inlassablement :

— J'aurais mieux fait de me taire. J'aurais mieux fait de me taire…

Et si le coyote et les trois chiens ne sont pas morts, peut-être bien qu'ils courent encore !

COMMENT LE TAMBOUR EST ARRIVÉ SUR LA TERRE

Il y a très longtemps, une corde reliait le ciel à la terre. En ce temps-là, toutes les créatures, les humains et les animaux, parlaient le même langage et se comprenaient. Ils travaillaient ensemble, ils dansaient ensemble, ils partageaient tout.

Les humains et les bêtes aimaient la musique mais il n'y avait pas de tambour sur la terre. Le seul tambour de la création était tout là-haut, au ciel. Ceux qui avaient envie de danser grimpaient le long de la corde, se réunissaient chez Dieu et faisaient la fête.

Un jour, Renard, qui ne pense qu'à danser, monte le long de la corde jusqu'au ciel et se joint à une grande fête. Le tambour résonne et les danseurs s'en donnent à cœur joie, ils dansent nuit et jour, jusqu'à épuisement.

Renard se réjouit du bonheur qu'il peut lire sur le visage des danseurs. Il a pourtant un regret : pourquoi faut-il laisser le tambour au ciel ? Il serait si bon de l'avoir sur la terre, à portée de main ! Cela éviterait de devoir grimper pendant des heures sur la corde. Il n'a qu'une envie, emporter le tambour avec lui.

Il attend que tout le monde soit parti et, quand il est tout seul, il attache le tambour à sa queue et descend le long de la corde.

Quand Renard est à mi-chemin entre ciel et terre, Dieu s'aperçoit que le tambour a disparu. Il le cherche partout et, quand il regarde en bas, il voit Renard, le tambour attaché à la queue. La queue frappe la peau du tambour et la fait résonner.

Dieu est en colère, il ne sait que faire. Soudain, il prend un couteau et coupe la corde.

C'est depuis ce temps-là qu'il y a des tambours sur la terre pour danser et faire la fête, c'est depuis ce temps-là aussi qu'il n'y a plus de lien entre le ciel et la terre.

MERISIER, PLUS FORT QUE LES ÉLÉPHANTS

C'est l'histoire d'un vieil homme qui a trois fils. Un jour, il sent ses forces faiblir. Il envoie un message à ses garçons et leur demande de venir auprès de lui. Quand les trois jeunes gens sont là, il leur dit :

— Je suis vieux et malade, quand je mourrai, comment allez-vous m'enterrer ?

Le premier fils dit :

— Père, puisses-tu retrouver tes forces, mais si tu devais mourir, je t'enterrerais dans un cercueil en acajou.

Le deuxième fils dit :

— Père, puisses-tu vivre longtemps, mais si tu devais mourir, je t'enterrerais dans un cercueil de cuivre.

Le troisième fils qui s'appelle Brisé dit :

— Père, moi je t'enterrerai dans le grand tambour du roi des éléphants.

— Voilà un cercueil grandiose ! dit le vieil homme. C'est ainsi qu'il faut faire. Va me chercher le tambour du roi des éléphants !

Brisé rentre chez lui et dit à sa femme :

— J'ai promis à mon père de l'enterrer dans le tambour du roi des éléphants. Je sais que c'est folie. J'aurais dû lui proposer un cercueil en argent, cela aurait été plus facile à trouver. Comment tenir ma promesse maintenant ?

Sa femme lui prépare des provisions pour la route et Brisé s'en va. Il ne sait pas où trouver les éléphants. Il suit le chemin qui s'offre à ses pieds et il marche. A la tombée de la nuit, il rencontre un mendiant aveugle guidé par un enfant. Le mendiant lui dit :

— Homme, donne-moi un peu de ce que tu as dans ton sac, un morceau de pain ou une bouchée de riz.

Brisé prend un morceau de galette de maïs dans son sac, le donne au mendiant et dit :

— Si tu n'étais pas aveugle, je t'aurais demandé si tu as jamais vu les éléphants.

— Même ceux qui ont leurs deux yeux ne les ont jamais vus !

Brisé continue sa route. Quand il fait nuit, il se couche dans l'herbe, au bord du chemin, et s'endort. Au lever du jour, il se remet en marche. Il demande à tous ceux qu'il croise s'ils savent où vivent les éléphants mais nul ne peut lui répondre.

Le soleil est chaud, Brisé s'assied à l'ombre d'un arbre et là, il voit arriver un homme qui n'a qu'une seule jambe et qui s'appuie sur une béquille pour marcher. L'homme dit :

— Donne-moi un peu de ce que tu as dans ton sac, j'ai grand-faim.

Brisé lui donne un morceau de galette de maïs et les deux hommes se mettent à bavarder. Brisé dit :

— J'ai mes deux jambes et toi tu n'en as qu'une. Toi tu vas doucement et moi je vais loin, mais cela ne me sert à rien puisque je ne sais pas où trouver le tambour du roi des éléphants.

Et Brisé reprend la route. Il marche, il marche, il marche et, à la tombée de la nuit, il voit un vieil homme assis devant un feu. L'homme dit :

— Viens prendre un peu de repos ici.

Brisé s'assied et ouvre son sac. Il ne lui reste que deux morceaux de galette de maïs. Il en donne un au vieil homme et prend l'autre. L'homme dit :

— Merci pour le troisième morceau de galette que je viens de manger. Merci pour le deuxième et pour le premier aussi.

— Papa, tu te trompes, tu en as mangé un seul !

— C'est toi qui te trompes, répond le vieil homme. Hier, j'étais aveugle et aujourd'hui, à midi, j'avais une seule jambe. Mon nom est Merisier.

C'est alors que Brisé comprend que l'homme est un *houngan*, un prêtre vaudou avec des pouvoirs magiques. Le *houngan* agite son hochet rituel recouvert de perles, il entre en transe et communique avec les dieux. Quand il a fini, il dit :

— Va vers le nord, à travers la *savanne*, là, tu verras un *mapou* qu'on appelle Mapou Plus Grand Passé Tout, *mapou* plus grand que tout. C'est là que se rendent les éléphants avec leur tambour. Ils dansent jusqu'à épuisement avant de tomber de sommeil. Quand ils s'endormiront, tu prendras le tambour et tu partiras en vitesse. Voici quatre graines de *kannik* pour te protéger. Si tu es poursuivi, jette une graine derrière toi et dis : "Merisier est plus fort que les éléphants !"

Au lever du jour, Brisé se remet en route. Il se dirige vers le nord, en direction de la *savanne*. Il arrive devant l'arbre nommé Mapou Plus Grand Passé Tout. Il y grimpe et attend. Quand le soleil commence à baisser, il aperçoit, venant de loin, une horde d'éléphants. Leur roi ouvre la marche. Ils se rassemblent autour du *mapou* et le tambourinaire du roi se met à jouer sur le grand tambour. Les éléphants se mettent à danser. Le sol tremble sous leurs pieds, ils dansent sans arrêt, ils dansent jusqu'au premier chant du coq. Ils s'écroulent et s'endorment aussitôt.

Brisé descend alors de l'arbre et se retrouve entouré d'éléphants endormis. Il prend le grand tambour, le met sur sa tête et enjambe le premier éléphant, puis le deuxième, puis le troisième... Quand il a enjambé le dernier éléphant, il part en courant du plus vite qu'il peut. Il court à en perdre le souffle.

Arrivé au milieu de la *savanne*, il entend, derrière lui, la horde des éléphants en colère qui le poursuit. Quand ils sont tout près, il prend une graine que le vieil homme lui avait donnée et la jette derrière lui en disant :

— Merisier est plus fort que les éléphants !

Quand la graine atteint le sol, une immense forêt de pins surgit devant les éléphants, les freinant dans leur course. Ils tentent de se frayer un chemin à travers les arbres pendant que Brisé, lui, continue de courir.

Il franchit une grande distance, il court encore quand il entend, de nouveau, le bruit des éléphants qui se rapprochent derrière lui. Il prend une autre graine et la jette sur leur chemin en criant :

— Merisier est plus fort que les éléphants !

Cette fois, c'est un énorme lac d'eau fraîche qui leur barre la route. Les éléphants se retrouvent au bord de l'eau. Leur roi leur ordonne de boire et ils se mettent tous à boire, à boire, et petit à petit, tout doucement, le niveau de l'eau se met à baisser.

Mais Brisé est déjà loin, il a déjà traversé toute la *savanne* quand il les entend de nouveau. Il jette la troisième graine :

— Merisier est plus fort que les éléphants !

Cette fois-ci, c'est un lac qui les sépare, un lac d'eau salée. Le roi des éléphants ordonne :

— Buvez toute cette eau et nous pourrons passer !

Les éléphants boivent, mais l'eau salée les empoisonne. Leur roi tonne :

— Buvez ! Buvez ! Buvez encore !

Ils continuent de boire et, l'un après l'autre, ils tombent raides morts. Seul le roi n'a pas bu de l'eau salée du lac, il est le seul survivant.

Brisé quitte la *savanne* et part vers la maison de son père avec le tambour. Le vieil homme n'est pas mort, il n'est même pas malade, il est dans les champs et travaille sa terre énergiquement avec sa houe. Il dit :

— Va poser ton tambour plus loin et reviens. Je n'en ai pas encore besoin, je me sens très bien.

Brisé reprend le tambour et rentre chez lui. Il mange et va se coucher. Dans la nuit, il est réveillé par un bruit terrible dans la cour. Il regarde ; c'est le roi des éléphants qui avance vers la maison, il fouille dans tous les recoins de la cour et finit par trouver le tambour. Il le saisit avec sa trompe et continue d'avancer, encore et encore…

Brisé le voit s'approcher dangereusement de la porte, il prend la dernière graine qui lui reste et la jette vers l'éléphant :

— Merisier est plus fort que les éléphants !

Au même moment, le tambour se brise en mille éclats et chaque éclat devient un petit tambour.

Le roi des éléphants éclate en mille morceaux et chaque morceau devient un tambourinaire.

Chaque tambourinaire a pris un tambour et s'est mis à jouer puis ils sont allés chacun de son côté, partout sur la terre.

Voilà pourquoi il y a des tambours partout dans le pays.

Le proverbe d'ailleurs dit : "A chaque tambour son tambourinaire."

Voilà aussi pourquoi nul n'a jamais été enterré dans un tambour.

LE ROI QUI SE LAISSAIT FRIRE

Il y a vraiment très longtemps vivait un roi, le roi Karan.

Il s'était juré de ne jamais toucher à son repas du matin avant d'avoir distribué un quintal de pièces d'or aux pauvres.

Tous les jours donc, avant de prendre son petit-déjeuner, il envoyait ses serviteurs distribuer des paniers et des paniers de pièces d'or aux pauvres et aux mendiants. Ceux-ci, comme vous pouvez l'imaginer, n'oubliaient jamais d'être là pour recevoir l'aumône. Ils se bousculaient, jouaient des coudes, se piétinaient jusqu'à la dernière pièce.

Quand les paniers étaient vides, le roi s'installait joyeusement devant son petit-déjeuner avec le sentiment confortable du devoir bien fait.

Ceux qui voyaient le roi distribuer son or de cette manière se disaient qu'un jour ou l'autre il viendrait à bout de ses richesses et qu'il se retrouverait pauvre et démuni. Son trésor ne pouvait pas être éternel. Mais cela a duré des mois et des années et, tous les matins, il faisait distribuer son quintal d'or et s'installait aussi heureux, aussi satisfait, aussi affamé et aussi gras devant son premier repas du matin.

En vérité, le roi Karan avait un secret. Il avait passé un accord avec un vieux fakir aussi saint que vorace qui vivait au sommet d'une colline. Tous les matins, il devait se rendre chez lui, se laisser frire et manger tout entier en guise de petit-déjeuner. En échange, le fakir lui donnait, tous les jours, un quintal d'or.

Si le fakir avait été une personne ordinaire, le roi se serait fait manger une seule fois et l'histoire serait terminée. Mais le fakir avait des pouvoirs remarquables. Quand il avait fini de manger le roi Karan, il nettoyait ses os sans y laisser la moindre miette de chair, il les assemblait, récitait une ou deux formules magiques et le roi était là, debout devant lui, plus gras et plus joyeux que jamais, prêt pour le petit-déjeuner du lendemain.

Jamais le moindre souci ne venait déranger leur rituel, l'affaire était aussi profitable pour l'un que pour l'autre.

Il faut dire que le roi Karan n'appréciait pas de plonger tous les jours dans un bain d'huile bouillante. Son quintal d'or, il ne le volait pas.

Avec le temps, il s'était néanmoins habitué au rituel. Il se rendait avec entrain chez le fakir affamé où la poêle à frire bouillait au-dessus du feu sacré et il plongeait gracieusement dans l'huile bouillante. Quel grésillement ! Quel frétillement ! Quand il était croustillant et bien doré, le fakir le dévorait avec appétit, nettoyait ses os et les assemblait. Ensuite il récitait une formule magique et le travail était fait. Le fakir saisissait alors son vieux manteau sale et usé, il le secouait, le secouait, le secouait et les pièces d'or tombaient des poches, sonnantes et trébuchantes.

Voici comment le roi Karan avait tant d'or à distribuer.

Plus loin dans le pays, il y avait un grand lac, le lac Mânsarobar. Là, les cygnes sauvages venaient se nourrir de perles. Les perles étaient devenues si rares qu'il n'y avait plus rien à manger. Deux cygnes, un mâle et une femelle, ont donc décidé de partir de par le monde pour chercher à se nourrir. Ils ont volé jusqu'au jardin du roi Bikramâjît à Ujjayin. Le jardinier, émerveillé par les oiseaux, leur a donné du grain en espérant qu'ils resteraient. Les cygnes ont dédaigné le grain. Ils n'en ont pas goûté un seul. Le jardinier est allé trouver son roi pour l'informer qu'il y avait deux cygnes dans son jardin qui refusaient de se nourrir.

Le roi Bikramâjît connaissait le langage des animaux et des oiseaux. Il est allé auprès des deux cygnes et leur a demandé pourquoi ils refusaient toute nourriture.

— Nous ne mangeons ni grains ni fruits, ont répondu les oiseaux. Nous ne nous nourrissons que de perles non percées.

Le roi qui avait un grand cœur est allé leur apporter un panier de perles. C'est ainsi que tous les matins, il donnait à manger aux deux cygnes sauvages, de ses propres mains.

Un jour, pendant qu'il leur distribuait les perles, les deux oiseaux se sont aperçus que l'une d'elles était percée. Ils ont supposé que les réserves du roi Bikramâjît touchaient à leur fin. Ils ont décidé de rentrer chez eux.

Malgré les supplications du roi, les deux cygnes ont déployé leurs ailes blanches et se sont envolés dans le ciel bleu en direction du grand lac Mânsarobar. Ils étaient reconnaissants, aussi, pendant qu'ils volaient, ils chantaient les louanges du roi Bikramâjît.

Ce jour-là, le roi Karan est à sa fenêtre, il observe ses serviteurs en train de distribuer les paniers d'or aux pauvres. Il voit deux cygnes sauvages traverser le ciel au-dessus de sa tête et il les entend chanter : "Gloire à Bikramâjît ! Gloire à Bikramâjît !"

Il se dit : "Qui est cet homme dont les oiseaux chantent les louanges ? Moi, je me laisse frire et manger tous les matins afin de pouvoir distribuer de l'or aux pauvres et il n'y a pas un seul cygne pour chanter mes louanges !"

Jaloux, il envoie un homme attraper les deux volatiles. Celui-ci les capture avec un piège à glu et les met dans une cage.

Le roi Karan suspend la cage dans son palais et donne l'ordre d'offrir aux deux cygnes toutes sortes de graines. Mais les oiseaux dédaignent fièrement la nourriture. Ils chantent avec mépris : "Gloire à

Bikramâjît ! Il nous a nourris de perles non percées !"

Le roi Karan, ne voulant pas être en reste, fait apporter des perles mais les deux cygnes continuent de dédaigner la nourriture.

— Pourquoi ne voulez-vous pas goûter à mes perles ? Ne suis-je pas aussi généreux que Bikramâjît ?

La femelle répond :

— Les rois ne mettent pas les innocents en prison. Les rois ne combattent pas les femelles. Si le roi Bikramâjît était ici, il m'aurait libérée à tout prix.

Karan est piqué au vif. Il libère la femelle. Aussitôt hors de la cage, celle-ci déploie ses ailes et s'envole en direction du palais de Bikramâjît. Elle lui raconte la manière dont Karan retient son compagnon en captivité.

Bikramâjît est, comme chacun le sait, le roi le plus noble et le plus généreux du monde. Il décide d'aller libérer le mâle. Il ordonne à la femelle d'aller rejoindre son compagnon, il revêt les habits d'un serviteur et prend la direction du nord jusqu'au royaume du roi Karan. Il se fait appeler Bikrû. Il se met au service de Karan et, tous les matins, il distribue les paniers d'or devant le palais.

Il se doute que le roi Karan a un secret qui justifie tout cet or et n'a plus qu'une idée, percer ce secret.

Un jour, il se cache et suit le roi Karan. Il le voit entrer chez le fakir et plonger dans l'huile bouillante. Il le voit grésiller et frétiller. Il le voit en sortir croustillant et doré, il le voit aussi se faire déguster par le fakir. Et, pour finir, il le voit redescendre vers son palais, aussi gras et aussi joyeux que jamais, avec un quintal de pièces d'or.

Bikrû sait ce qu'il lui reste à faire.

Le lendemain matin, il se lève de bonne heure, il prend un couteau bien effilé et se taillade le corps. Il prend du sel, du poivre, des épices, des graines de grenade pilées et de la farine de pois. Il mélange le tout pour faire une pâte de curry dont il badigeonne toute sa peau, en insistant sur les coupures et ce malgré la brûlure cuisante. Il monte au sommet de la colline jusqu'à la maison du fakir et plonge dans la poêle à frire. Le fakir dort encore mais il est réveillé par le grésillement de la friture : "C'est incroyable comme le roi sent bon ce matin !"

L'odeur est si appétissante que le fakir a du mal à attendre que le roi soit croustillant et doré. Vous ne pouvez pas imaginer comme il l'a goulûment dévoré ce matin-là.

Il avait très longtemps mangé de la friture sans assaisonnement, un roi très épicé est une bonne surprise ! Il n'a jamais nettoyé les os de cette manière. Il aurait pu manger les os s'il n'avait craint de tuer la poule aux œufs d'or.

Quand le fakir a fini de manger, il rassemble tous les os, prononce sa formule magique et, quand le roi redevient entier, il lui demande, les yeux remplis de larmes :

— Dis-moi comment tu as fait pour être aussi savoureux et je te donnerai tout ce que tu veux !

Bikrû explique son mélange d'épices et ajoute :

— Je me parfumerai d'épices tous les matins si tu me donnes en échange ton vieux manteau usé. Il n'est pas agréable de plonger dans l'huile bouillante ! Je ne vois pas pourquoi je dois, en plus de cela, me charger d'un quintal d'or et marcher avec ce poids jusqu'au palais. Je n'aurai qu'à secouer le manteau, chez moi, pour avoir ce qu'il me faut.

Le fakir accepte et c'est ainsi que Bikrû rentre au palais du roi Karan avec le vieux manteau usé.

Pendant que Bikrû regagne le palais de Karan, celui-ci gravit péniblement la colline pour se rendre chez le fakir. Quand il entre chez ce dernier, il est tout étonné de voir le feu éteint, la poêle froide et le fakir content, sans un seul signe de faim.

Le roi Karan dit d'une voix hésitante :

— Que se passe-t-il ?

— Qui es-tu ? répond le fakir qui ne voit pas clair et qui somnole pour mieux digérer.

— Qui je suis ? Je suis le roi Karan qui vient se faire frire tous les matins ! Tu ne veux donc pas prendre de petit-déjeuner aujourd'hui ?

— J'ai déjà mangé et tu étais délicieux, si bien épicé. Crois-moi, je suis rassasié.

— Je n'ai jamais été épicé de ma vie ! hurle le roi Karan. Tu as mangé quelqu'un d'autre !

Le fakir sourit et marmonne, toujours somnolent :

— C'est ce que je me disais aussi… je pensais… que ce n'étaient… pas seulement… les épices…

Le fakir sombre dans un sommeil profond et très ronflant.

Le roi est en colère. Il secoue le fakir et crie :

— Tu dois me manger !

Endormi, le fakir répond mollement :

— Impossible… pas une miette… de plus…

— Alors donne-moi mon quintal d'or ! Tu me dois l'or… Tu dois remplir ton contrat, moi je suis prêt à remplir le mien !

— Je n'ai aucun contrat à respecter avec toi… seulement avec l'homme épicé, enfin, avec l'autre… d'ailleurs, il est parti avec mon vieux manteau usé…

Le roi Karan est désespéré. Il rentre chez lui et ordonne au trésorier de lui apporter de l'or afin de le distribuer avant de prendre tranquillement son petit-déjeuner.

Le lendemain, le roi fait distribuer ses trésors précieux avant de manger, mais il est inquiet.

Le troisième jour, le trésorier vient les mains vides. Il se prosterne devant le roi Karan et lui dit :

— Votre Majesté ! Il n'y a plus d'or dans le coffre royal !

Le roi Karan ne dit rien. Il regagne dignement son lit sans rien manger. Dehors, la foule attend depuis des heures la distribution d'or. Lassés de voir les portes du palais closes, les gens s'en retournent chez eux non sans maugréer : "Quelle honte de décevoir de pauvres hères de cette manière !"

A l'heure du dîner, le malheureux roi Karan semble amaigri. Il n'a qu'une parole et tient à la respecter. Le rusé Bikrû s'approche de lui et tente de le persuader de manger :

— Tu n'as rien à te reprocher.

Mais Karan fait mine de ne rien entendre et se retourne vers le mur.

Bikrû ou Bikramâjît, si vous préférez, va chercher le vieux manteau usé du fakir. Il le secoue devant le roi Karan et dit :

— Prends tout cet or, mon ami ! et si tu veux bien libérer les cygnes sauvages de leur cage, je te donnerai le manteau aussi !

Le roi Karan libère les cygnes. Dès qu'ils ont atteint le ciel, leur chant résonne : "Gloire à Bikramâjît ! Gloire à Bikramâjît !"

Le roi Karan baisse la tête et se dit : "Ils ont raison. Bikramâjît est vraiment plus généreux que moi… Je me laissais frire pour un quintal de pièces d'or et pour un petit-déjeuner. Lui, il s'est entaillé la peau et s'est farci d'épices pour libérer deux oiseaux !"

LES YEUX D'ALEXANDRE LE GRAND

Alexandre le Grand a déjà conquis la moitié de la terre. Aucune armée, aucun pays, aucune contrée ne lui a résisté. Il est le maître du monde.

Il arrive un jour avec ses compagnons sur un marché du Punjab. A travers la foule dense, il aperçoit l'étal d'un vieux marchand.

Il laisse la bride de son cheval à l'un de ses compagnons, s'approche du vieil homme et lui demande :

— C'est combien ?

Devant le marchand, deux yeux humains sont exposés sur une table. Le vieil homme répond :

— Il n'y a pas de prix. Nous prendrons une balance, sur l'un des plateaux nous poserons ces deux yeux et, sur l'autre plateau, tu verseras de l'or. Quand l'or sera plus lourd que les yeux, ils seront à toi.

Alexandre le Grand possède de l'or en quantité. Il fait venir ses compagnons et leur ordonne de verser de l'or dans le plateau vide de la balance.

Ceux-ci versent un premier sac, puis un deuxième, puis un troisième… Des quantités inestimables d'or sont versées, mais les yeux sont toujours plus lourds.

Alexandre le Grand demande alors au vieillard :

— Je ne comprends pas ; ces deux yeux sont plus lourds que des kilos d'or !

— Il n'y a rien à comprendre ! Ces deux yeux sont tes yeux et tu es si avide de richesses et de conquêtes que tout l'or du monde ne suffira pas à les combler.

LA JEUNE FILLE
AU VISAGE DE PIERRE

Autrefois il y avait un village construit au pied d'une montagne. Dans ce village vivait un cacique qui avait une fille d'une grande beauté. Elle était aussi bonne que belle. Depuis la mort de sa mère, elle vivait tranquillement auprès de son père.

Un jour, le cacique se rend à une grande fête à plusieurs lieues de chez lui. Il y rencontre une femme dont la beauté le séduit immédiatement. Il décide de la prendre pour femme.

Dès la première rencontre, la jeune fille ressent une grande méfiance à l'égard de sa marâtre. Elle a le sentiment que, derrière ses belles manières, elle cache un tempérament cruel et froid. Le cacique ne se doute de rien. Il espère que sa nouvelle femme sera une vraie mère pour sa fille.

De son côté, la femme éprouve une grande jalousie à l'égard de la beauté de la jeune fille. Sans rien en laisser paraître, elle ne ressent que de la haine pour elle.

Quelque temps plus tard, la jeune fille tombe amoureuse du fils d'un cacique voisin et leur mariage est prévu pour les jours suivants. Les deux amoureux s'entendent à merveille et leur bonheur éclaire leurs visages, les rendant encore plus beaux. Les habitants du village disent à qui veut les entendre : "Ces deux-là ne connaîtront que le bonheur dans la vie !"

Plus la date du mariage approche, plus la fille irradie de beauté et plus la marâtre est rongée par la jalousie. Elle fait mine de se réjouir mais, de jour comme de nuit, elle échafaude des plans pour empêcher la noce.

Une nuit, n'y tenant plus, elle se glisse hors du village sans être vue et va trouver une sorcière que tous les Indiens craignent tant ses pouvoirs et sa connaissance sont vastes.

La femme pose aux pieds de la sorcière de multiples cadeaux et lui demande :

— Toi qui es si sage, toi qui as la connaissance, je t'en supplie, aide-moi. Donne-moi quelque chose qui rende ma belle-fille si laide que plus personne ne voudra l'épouser.

La sorcière lui pose quelques questions au sujet de la jeune fille, sur sa manière de vivre, ses goûts puis elle lui demande de revenir quatre jours plus tard :

— Quand tu reviendras, je te donnerai ce qu'il te faut, mais un sort comme celui-ci vaut de l'or.

La femme comprend que la vieille lui réclame davantage d'offrandes. Elle acquiesce à contrecœur et regagne le village. Les jours suivants, la marâtre a du mal à cacher sa colère chaque fois que quelqu'un la félicite du mariage de sa fille, mais penser à ses plans funestes l'apaise.

Quatre jours plus tard, elle se précipite chez la vieille sorcière avec de nombreux cadeaux. Celle-ci lui tend une petite jarre en pierre, remplie d'une crème épaisse et blanche :

— Tu l'utiliseras avec beaucoup de précaution car elle contient le sort le plus puissant que je connaisse. Elle transforme la peau humaine en pierre, aussi bien la tienne que la sienne.

La femme prend la crème et rentre joyeusement chez elle. Elle attend la veille du mariage pour réaliser ses plans.

La nuit qui précède la cérémonie, quand tout le monde est profondément endormi, la belle-mère se glisse furtivement dans la chambre de sa belle-fille et lui enduit le visage avec la crème ensorcelée. La jeune fille continue de dormir paisiblement. La belle-mère regagne sa chambre sans que nul la voie.

Le lendemain matin, jour de la noce, l'agitation règne dans le village depuis l'aube. Les gens s'activent, les invités arrivent des villages les plus éloignés, on accueille en grande pompe les convives. La marâtre met ses plus beaux vêtements et se pare de ses plus beaux atours mais nul ne lui prête attention, tous attendent l'arrivée de la mariée pour vérifier si sa beauté mérite la réputation qu'on lui fait.

La jeune fille se réveille, s'habille et, quand elle apparaît, un frisson d'horreur traverse la foule. Ses vêtements sont somptueux mais son visage qui éblouissait tant d'admirateurs provoque une consternation générale ; il est lisse et froid comme la pierre.

Elle ne comprend pas pourquoi tous détournent les yeux d'elle et s'enfuient, terrifiés. Inquiète, elle s'adresse à son père :

— Pourquoi me fuient-ils ? Quel mal ai-je fait ?

Le cacique lui-même ne supporte pas la vue de sa fille, il baisse les yeux.

— Père ! Explique-moi ce qui vous arrive à tous ! hurle-t-elle, paniquée.

L'homme perd ses mots. Il réussit à hocher la tête, comme seul un homme accablé de chagrin peut le faire.

La marâtre se met à pleurer bruyamment et s'essuie les yeux en se lamentant. Le cacique se tourne vers elle et tressaille ; elle a un doigt de pierre, de la même pierre que le visage de sa fille.

Un éclair de colère traverse le regard du cacique. Il tremble de rage. Il saisit sa femme par le bras, l'entraîne dans la maison et lui fait avouer, sans grande douceur, son méfait. Elle finit par tout raconter, la sorcière, la jarre, une goutte de crème blanche sur le doigt pendant qu'elle badigeonnait le visage de la fille.

Le cacique appelle immédiatement le *machi* du village, qui use de ses pouvoirs magiques uniquement pour faire le bien :

— Je ne peux rien faire contre un sort aussi puissant, avoue l'homme.

— Voici le reste de la crème que ma femme a utilisée, trouve un antidote.

Le *machi* emporte la jarre en pierre et va trouver la sorcière. Il lui demande le moyen de libérer la fille du cacique de son visage de pierre.

— Impossible, répond la vieille. Cette crème a été fabriquée à partir des os d'un jeune homme mort. Pour guérir la jeune fille, il faudra retrouver tous les os du squelette et ce n'est pas tâche facile car ils ont été dispersés aux quatre vents.

Le *machi* rentre au village et transmet au cacique et à sa fille les paroles de la vieille.

Comme nous pouvons l'imaginer, il n'est plus question de mariage maintenant. Le fiancé et les invités sont tous rentrés chez eux et le cacique n'adresse plus la parole à sa femme qu'il a condamnée à mort pour la punir de sa cruauté. La jeune fille n'est pas soulagée pour autant. Elle décide de quitter le village.

Son père en a le cœur brisé :

— Je n'ai plus de femme et, si tu t'en vas, je n'aurai plus d'enfant.

Elle répond avec douceur :

— Père très cher, je ne veux pas te quitter mais tu as bien vu que mon visage terrifie les villageois. Si je reste, je te gâcherai la vie. Je vivrai dans la forêt et dans la montagne où nul ne me verra. Les oiseaux et les bêtes au moins ne me fuiront pas.

C'est sur ces mots qu'elle s'en va. Elle mène une vie de vagabonde dans la forêt où elle se nourrit de fruits sauvages, de baies et de racines. Elle apprécie la compagnie des bêtes qui ne la craignent pas, elle leur parle et les considère comme ses seuls amis.

Un jour, elle arrive au bord d'une rivière. Elle se baisse pour boire et voit, à la surface de l'eau, une fourmi ailée qui lutte contre le courant. La jeune fille lui tend un brin d'herbe et la sauve de la noyade. La fourmi ouvre grandes ses ailes pour les faire sécher puis elle prend son envol. Elle tournoie autour de la tête de la jeune fille en répétant : "Creuse sous tes pieds ! Creuse sous tes pieds !" puis elle disparaît.

La jeune fille se met à creuser le sol. Elle découvre des os blancs et brillants qu'elle met dans son sac.

Quelques jours plus tard, elle longe un ruisseau quand elle aperçoit un crapaud sur le point de se faire avaler par un serpent. Elle frappe le sol de ses pieds et réussit à mettre en fuite le reptile. Le crapaud se met à bondir devant elle en répétant : “Creuse sous tes pieds ! Creuse sous tes pieds !” avant de disparaître dans les herbes hautes.

Elle creuse énergiquement la terre et finit par découvrir d’autres os semblables à ceux qu’elle porte dans son sac. Elle les ramasse, les met avec ceux trouvés au bord de la rivière et reprend son errance. Elle marche encore pendant des heures jusqu’à arriver devant un immense lac. Au bord du lac, un jeune cerf gît sur la rive. Des flèches acérées sont plantées dans son flanc et il saigne abondamment. La jeune fille en a les larmes aux yeux. Elle s’approche de lui, retire avec une grande précaution chaque flèche, lave les plaies avec ses larmes et les soigne pendant de longues heures. Le cerf reprend des forces et réussit à se tenir, tout tremblant, sur ses pattes. Quand il se sent de nouveau vigoureux, il la regarde fixement et lui dit : “Creuse sous tes pieds ! Creuse sous tes pieds !” puis il regagne la forêt profonde.

Elle se met, une fois de plus, à creuser le sol. Des os blancs apparaissent dans le trou.

“Encore des os, se dit-elle. Y en a-t-il suffisamment maintenant ?”

Elle vide son sac et rassemble tous les os qu’elle a trouvés. Elle les assemble par terre et réussit à former un squelette entier auquel il ne manque plus que la tête. “Je réussirai peut-être un jour à trouver le crâne qui manque”, songe-t-elle.

Cette idée lui donne le courage de continuer son périple.

Et la voilà repartie. Elle marche des jours et des jours et finit par atteindre les flancs de la montagne. Au bord du chemin, un puma se débat et agite frénétiquement la queue en poussant des gémissements de douleur. Il a une patte très enflée. Elle se met à lui parler pour l'apaiser tout en s'approchant de lui. Le puma se laisse faire quand elle saisit avec douceur sa patte malade. Elle regarde de près et voit une épine venimeuse profondément enfoncée dans la chair meurtrie. L'épine est si grosse et si bien plantée qu'elle doit se baisser et la retirer avec ses dents. Dès qu'elle réussit à l'extraire, le poison s'écoule et la patte guérit. Le puma parvient petit à petit à marcher sur sa patte blessée. Il s'approche, reconnaissant, de son visage et se met à le lécher avec entrain. Une joie immense l'envahit, enfin un être vivant qui n'a pas peur de son visage de pierre.

Le puma emmène la fille du cacique dans son antre, lui offre de l'eau fraîche dans un crâne qu'il porte entre ses mâchoires. Elle boit goulûment en se demandant si le crâne est celui qui viendra compléter le squelette. Elle vide son sac par terre, assemble les os et y ajoute le crâne, qui convient parfaitement. Quand elle a entièrement reconstitué le squelette, elle se lève en prenant appui sur le sol. Elle se pique le doigt avec une épine. Une goutte de sang jaillit et, quand la goutte de sang atteint le squelette, il reprend immédiatement vie. Un jeune homme souriant est là, debout devant elle, heureux d'avoir été sauvé du sort qui lui avait été jeté. Il s'avance vers elle et l'embrasse. Le baiser ardent rend aussitôt son beau visage à la jeune fille.

Plus rien ne les empêche de rentrer au village dans la vallée mais la jeune fille a pris goût à la vie sauvage et à la liberté. Elle garde aussi le souvenir cuisant de la manière dont elle a été traitée là-bas. Le jeune homme n'a qu'un seul désir, vivre auprès d'elle. Ils s'installent donc dans la montagne, menant la vie qui leur plaît, en compagnie du fidèle puma.

LES DEUX AMIS DE BAGDAD

Quand la ville de Bagdad était encore une ville, quand Bagdad s'appelait encore la Cité de la Paix, vivaient deux commerçants liés par une amitié profonde.

Depuis tout petits ils étaient amis. Ils avaient joué ensemble dans les rues du quartier, ils avaient été à l'école ensemble. Ils avaient ouvert un commerce chacun, la même semaine. Leurs affaires étaient prospères et ils se consultaient pour tout, tout le temps.

Un jour, l'un des deux décide d'aller s'établir à Bassora avec sa famille pour y faire prospérer ses affaires. Les deux amis se séparent pour la première fois de leur vie.

Chacun mène son négoce du mieux qu'il peut.

Alors que le commerçant de Bagdad devient de plus en plus riche, celui de Bassora voit la roue du destin tourner et, au bout de quelques années, il n'a plus rien. Il se retrouve avec sa femme et ses enfants dans un dénuement extrême. Ils n'ont bientôt plus de quoi se vêtir, plus de quoi se nourrir.

Leur désespoir est immense quand un matin la femme du commerçant de Bassora dit à son mari :

— Va voir ton ami à Bagdad. Votre fidélité est légendaire. Va lui demander de l'aide et il ne refusera pas.

L'homme a sa fierté, certes, mais il n'a plus les moyens de la préserver.

Le lendemain, il s'arme de courage et entreprend un voyage qui le mène jusqu'à Bagdad. Il cherche la maison de son ami et frappe à sa porte.

C'est le commerçant de Bagdad en personne qui ouvre. Quand il voit son ami d'enfance en haillons, sale sur lui et maigre, il lui claque la porte au nez.

Le retour à Bassora est terrible. A la misère est venu s'ajouter le chagrin. La douleur de l'amitié déçue est cuisante. L'homme rentre chez lui et dit à sa femme qui l'attend :

— Loin des yeux, loin du cœur. Ceux qui t'aiment quand tout va bien ne te reconnaissent pas quand tu n'as plus rien.

Ainsi, à Bassora, la vie continue avec son lot de soucis.

Une nuit, quand tout Bassora dort, on sonne à la porte de notre homme. Inquiet, il va ouvrir. Devant sa porte, une jeune femme voilée de noir tient à la main un sac qui semble très lourd. Elle lui demande de la laisser entrer et, quand elle est chez lui, elle lui dit :

— Mon mari vient de mourir et il me laisse en héritage de nombreux bijoux de valeur que voici. J'ai besoin d'argent et je ne sais ni à qui ni comment les vendre. Je sais que tu es commerçant, je te les confie et nous partagerons le produit de la vente en deux parts égales.

Le commerçant se met, dès le lendemain matin, en quête d'acheteurs. A la fin de la journée, il a réussi à vendre tous les bijoux à très bon prix. Quand la jeune femme revient le voir, il lui donne sa part et prend la sienne. La somme ainsi obtenue est importante. Elle lui permet d'habiller toute la famille, d'acheter des provisions pour quelques mois et de tenir un petit étal au marché où il vend quelques objets à bas prix. La vie va déjà mieux même si ce n'est pas encore le paradis.

Une semaine plus tard, en pleine nuit, il entend frapper à sa porte. C'est un jeune homme qui se faufile à l'intérieur et qui lui dit :

— A l'occasion d'un pari, j'ai gagné une cargaison de tapis en soie de Chine. Il y en a plusieurs centaines et je ne sais qu'en faire. Je ne connais rien au commerce. Pourrais-tu te charger de la vente et nous partagerons la somme que tu en obtiendras ?

Le commerçant de Bassora n'en croit pas ses oreilles. C'est la chance qui frappe une deuxième fois à sa porte.

En une semaine, il réussit à écouler toute la marchandise. Il partage les bénéfices avec le jeune homme et se retrouve avec une belle somme d'argent. Il fait réparer sa maison, organise un festin pour sa famille et réussit même à acheter une échoppe dans le quartier commerçant de la ville. Il n'a pas grand-chose à vendre, mais il est à l'abri des soucis du quotidien. Il se dit : "Merci mon Dieu, la roue tourne de nouveau !"

Passent trois semaines quand, au lever du jour, il entend frapper à sa porte. Un jeune homme entre chez lui et lui dit :

— Mon père vient de mourir. Il m'a laissé en héritage un chargement de brocarts, de soie et de tapisseries. Je n'en aurai jamais l'usage, il y en a tant. J'ai en revanche besoin de liquidités pour m'établir. Je ne connais rien au commerce. Pourrais-tu te charger de la vente, et nous partagerons les bénéfices ?

L'homme de Bassora accepte. Il trouve acheteur et vend à très bon prix. Les bénéfices sont considérables. Aussi, après avoir fait le partage avec le jeune homme, il se retrouve avec une fortune conséquente. Pour sa famille, c'est la belle vie. Il réussit à acheter diverses marchandises qu'il expose dans sa boutique et ses affaires deviennent aussi prospères qu'avant.

Un jour, il va trouver sa femme et lui dit :

— Maintenant que nous avons retrouvé la fortune et la belle vie, je vais aller à Bagdad revoir mon ami d'enfance et je lui dirai le bien que je pense de lui.

L'homme se met en route. Il arrive devant la maison de son ami et frappe à la porte. Quand celui-ci ouvre, le commerçant de Bassora dit :

— Ne te fatigue pas à me claquer la porte au nez, je suis fortuné et en bonne santé, aussi je ne vais rien te demander. Je ne suis pas venu en ami, je viens mettre un point final à l'amitié qui nous a liés tant d'années.

— D'accord, répond le commerçant de Bagdad. Mais avant de clore notre histoire, je te prie de bien vouloir entrer chez moi une dernière fois. Je voudrais te montrer quelque chose. Après, tu pourras t'en aller.

L'homme de Bassora entre dans la salle attenante. Trois jeunes gens y sont installés autour d'un thé. Quand ils lèvent la tête, il reconnaît les deux jeunes gens et la jeune fille qui avaient un jour frappé à sa porte pour lui demander de vendre leurs biens. Saisi, il regarde son ami qui lui dit :

— Quand tu es venu chez moi la première fois et que je t'ai vu pauvre comme un vagabond, la douleur m'a envahi. Mais mon cœur s'est brisé quand je t'ai fermé la porte au nez. Je ne voulais pas te donner l'aumône comme à un mendiant qui me fait pitié. Je t'ai envoyé mes enfants avec de la marchandise à vendre. Et si tu as refait fortune aujourd'hui, c'est grâce à ton talent. Tu ne me dois rien. L'amitié est intacte.

On raconte que depuis ce jour-là, leur amitié, ils l'ont cultivée longtemps, longtemps et seule la mort a réussi à les séparer.

Au fait… j'ai juste oublié de préciser que l'un des deux se nommait Taymoûr et l'autre 'Ishâq mais je ne sais plus lequel est lequel… et puis peu importe, l'essentiel de cette histoire est leur amitié.

LE PROCÈS DE LA PIERRE

Un jeune adolescent du nom de Than voyage à pied jusqu'au village de son grand-père. Il marche depuis le lever du jour, il marche sans s'arrêter. A la tombée de la nuit, il arrive aux abords d'une ville. Il s'arrête en contrebas de la route et cherche un endroit pour dormir.

Than a quelques pièces de monnaie dans la poche, c'est toute sa fortune. Il craint de se faire voler pendant son sommeil et cherche un lieu sûr pour cacher son argent. Il voit une grosse pierre plate, la soulève et pose ses pièces dessous. Rassuré, il s'allonge et s'endort.

Un homme peu scrupuleux passe tout près, au moment même où Than remet la pierre en place. Il attend que le jeune homme soit endormi, lui dérobe son argent et disparaît.

Than dort à poings fermés jusqu'à l'aube. A peine réveillé, il va se laver dans un ruisseau puis revient vers la pierre plate. Il la soulève pour reprendre ses pièces, pensant que cela pourrait lui payer un bon repas en ville.

Il soulève donc la pierre et passe la main dessous. Ses doigts ne rencontrent que la terre sèche.

Il tend tous les muscles de son corps et retourne entièrement la pierre. L'argent a bel et bien disparu. Than est désespéré, il ne comprend pas. Il éclate en sanglots et appelle au secours.

Des gens de la ville entendent ses pleurs. Ils s'attroupent autour de lui et lui demandent la cause de son désarroi. Entre deux sanglots, Than tente d'expliquer ce qui lui est arrivé. Petit à petit une foule l'entoure mais nul ne comprend ce qu'il dit quand le chef de la ville arrive. Il fend la foule, s'approche de Than et lui demande de se calmer pour lui expliquer la cause de son malheur.

— La nuit dernière j'ai dormi au bord de la route. J'ai caché mon argent sous une pierre. Au petit matin j'ai regardé sous la pierre et mes pièces avaient disparu.

Le chef fronce les sourcils, il réfléchit sérieusement aux propos de Than. La population guette sa réaction et se demande comment il va réagir.

— Où est cette pierre ? demande le chef.

— La voici, répond Than en montrant à tous les habitants le lieu où son argent a disparu.

— Arrêtez cette pierre ! ordonne sévèrement le chef. Elle sera jugée pour vol. Elle est sans aucun doute la coupable !

Les gens sont abasourdis, ils n'en croient pas leurs oreilles.

— Pourquoi me regardez-vous ainsi ? Allez, saisissez cette pierre, c'est bien elle qui a dérobé l'argent de ce jeune homme !

Le ton du chef ne prête pas à discussion. Les habitants obéissent aux ordres. Ils saisissent la pierre et l'emportent sur la place centrale de la ville où se tiennent tous les procès. Le chef s'installe et son clerc ouvre les registres de justice, prêt à noter les échanges. Toute la population de la ville les entoure, curieuse du déroulement de l'étrange procès. Les assesseurs prennent position autour de la place. Le chef donne l'ordre d'apporter la pierre pour répondre à l'accusation de vol.

Deux hommes apportent la pierre plate et la posent devant le chef qui la regarde d'un air furieux.

Dans le public, chacun fait de son mieux pour retenir son rire. Chacun dissimule le sourire naissant sur son visage avec ses mains pendant que le chef questionne la pierre.

— Pierre, admets-tu avoir dérobé l'argent de ce jeune homme ?

— …

— Clerc, notez que le suspect refuse de répondre. Pierre, que faisais-tu au bord de la route ? De quel village es-tu ?

— …

Le chef n'a jamais été aussi sérieux. Il regarde sévèrement la pierre.

Dans la foule, les gens se cachent le visage pour rire.

— Quel est ton nom ? Quel âge as-tu ?

— …

Des ricanements jaillissent de la foule. Certains rient ouvertement, d'autres font mine d'éternuer ou de renifler. Le chef, excédé, regarde autour de lui sévèrement et dit :

— Vous savez qu'il est interdit de rire pendant un jugement. C'est une cour où la loi exerce ses droits. Je vous préviens, celui qui transgresse les règles du tribunal sera puni !

Il se tourne à nouveau vers la pierre et demande :

— Pierre, tu te crois maligne ? Ne pense pas que tu t'en sortiras en demeurant silencieuse. Réponds aux questions que je te pose. Qu'as-tu fait quand ce jeune homme s'est endormi ? Qu'as-tu fait de son argent ?

— ...

Le juge est hors de lui, il hurle :

— Tu te moques de la loi ? Puisque c'est ainsi, tu es condamnée à trente coups de fouet, ensuite nous te trancherons la tête !

La foule ne peut plus se retenir. Un homme ose éclater de rire, une femme ricane ouvertement et petit à petit tous rient à gorge déployée. Une clameur joyeuse s'élève sur la place et, le fou rire parti, nul ne peut plus l'arrêter.

Seul le chef garde son sérieux. Il regarde le public et attend le silence. Chacun fait de son mieux pour se contrôler et petit à petit le calme revient. Le chef se tourne alors vers son clerc :

— Note sur tes registres que, quand le public a entendu la sentence du chef lors du procès de la pierre voleuse, il a exprimé son mépris pour la justice par le rire et la dérision afin de tourner en ridicule son chef. Chaque personne présente est donc condamnée à verser une amende d'une pièce de dix piastres.

Plus personne n'ose sourire. Les hommes et les femmes se mettent en rang et payent leur amende. Le chef rassemble les pièces et les donne à Than :

— Tiens, mon garçon, voici un dédommagement pour le préjudice que tu as subi dans notre ville. Faute de rendre une vraie justice, on peut toujours essayer de consoler la victime.

Than, heureux, remercie le chef et reprend sa route.

Quant à la pierre, des hommes l'ont posée aux abords de la ville, lui ont donné trente coups de fouet. Ne sachant comment la décapiter, ils l'ont laissée au bord du chemin pour aider les voleurs à réfléchir avant d'agir.

OJJE BEN ONOGH

Il était une fois un homme qui s'appelait Ojje Ben Onogh. Il avait quatre mille cinq cents ans. Il était si grand que partout où son ombre passait, c'était comme si la nuit tombait. Quand il allait se promener, chacune de ses empreintes, quand il pleuvait, devenait un lac. Quand il éternuait, il soulevait des tempêtes de sable et, là où il posait ses vêtements, il desséchait les arbres et l'herbe pour ne laisser à leur place qu'un désert aride. Pour attraper du poisson, il se tenait debout au milieu de la mer et, pour le cuire, il le posait devant le soleil.

Un jour, il a planté un champ de maïs et le maïs a poussé si vite et si haut qu'il a bu toute l'eau de la terre et a desséché l'univers. Les gens n'étaient pas contents, ils ne pouvaient plus arroser leurs plantations.

Moïse a rassemblé une armée pour combattre Ojje Ben Onogh. L'armée s'étendait de Hargeisa à Dahmal dans une vallée de dix kilomètres de long et dix kilomètres de large. Quand Ojje Ben Onogh a vu l'armée avancer dans sa direction, il a arraché une montagne pour la jeter sur la troupe et, juste à ce moment, un tout petit oiseau a survolé la montagne et a laissé tomber une paille minuscule. La montagne est devenue si lourde, si pesante qu'Ojje Ben Onogh a dû la poser par terre.

Moïse est arrivé avec son bâton de trente mètres de long. Il a fait un saut de trente mètres et a donné au géant un coup, il l'a atteint à la cheville. Ojje Ben Onogh est tombé raide mort.

Moïse et son armée sont repartis. Les charognards sont arrivés pour dévorer les os d'Ojje Ben Onogh. Il leur a fallu quarante ans rien que pour manger la moelle.

PRINCESSE AUBERGINE

Il y avait autrefois un brahmane qui vivait avec sa femme. Ils étaient si pauvres, si pauvres qu'ils n'avaient pas tous les jours à manger. Ils se nourrissaient d'herbes sauvages et de racines.

Un jour, le brahmane est en pleine nature, il ramasse des feuilles et des racines pour le repas, quand il trouve, dans les broussailles, un pied d'aubergine. Il le déracine, l'emporte chez lui et le plante devant sa porte. Il arrose tous les jours le plant, il le soigne si bien que les tiges et les feuilles s'épanouissent et finissent par donner une aubergine grosse comme une poire, une aubergine violet et blanc, lisse et brillante.

Le brahmane et sa femme trouvent le fruit si beau qu'ils n'ont pas le cœur de le manger. L'aubergine continue de grossir jusqu'au jour où ils n'ont plus rien à se mettre sous la dent. Ils décident alors de la cueillir et de la manger.

Quand la femme la cueille, elle croit entendre un petit gémissement. Elle n'y prête pas attention. Elle prend un couteau et se met à peler la peau de l'aubergine. Là, elle entend distinctement une voix qui crie : “Fais attention ! Pèle plus doucement ou le couteau va me transpercer !”

La femme est abasourdie, elle fait de son mieux et pèle le plus délicatement possible. Quand elle a fini de retirer la peau, une toute petite créature apparaît devant elle ; une jeune fille d’une beauté indescriptible vêtue d’une robe de satin blanc et violet.

Le brahmane et sa femme sont stupéfaits mais ils sont aussi ravis. Eux qui n’ont jamais eu d’enfant pensent que la petite est un don du ciel. Ils l’adoptent. Ils la soignent comme la prunelle de leurs yeux, ils sont à l’affût de ses moindres désirs. Ils la cajolent, la gâtent et ils l’appellent Princesse Aubergine. Ils se disent que même si ce n’est pas une vraie princesse, elle a autant de finesse et de grâce que la fille du plus grand roi.

Non loin de là vit un roi qui a une femme d’une grande beauté et sept fils, jeunes et vigoureux. Un jour, une servante du palais passe devant chez le brahmane et voit la belle Princesse Aubergine. Elle se précipite au palais et va immédiatement trouver la reine :

— Dans une masure juste à côté vit Princesse Aubergine. Elle est si belle… Si jamais le roi la voit, il en oubliera toutes les femmes du monde…

Elle rit de toutes ses dents.

La reine, elle, ne rit pas du tout. Elle est d’un naturel jaloux et l’idée qu’une femme puisse la dépasser en beauté lui est insupportable. Elle décide de la faire disparaître. Elle réfléchit, échafaude des plans… Il lui suffirait de l'attirer dans le palais et le reste serait aisé. La reine a des pouvoirs puissants, c'est une sorcière qui a plus d'une ruse dans son sac.

Elle envoie donc un message à Princesse Aubergine : "Votre grande beauté est sur toutes les lèvres. On en parle jusque dans le palais. Je souhaiterais vous voir de mes propres yeux pour vérifier si votre réputation est justifiée."

Princesse Aubergine est, il faut le dire, fière de son apparence. Elle est même légèrement vaniteuse. Aussi, dès qu'elle a fini de lire le message, elle se précipite au palais. La reine l'accueille chaleureusement et fait mine d'être subjuguée par sa grâce. Elle lui dit, admirative :

— Tu es née pour vivre dans les palais des rois. A partir de ce jour, tu ne dois plus me quitter. Tu seras ma sœur.

Princesse Aubergine est flattée. Sans hésiter un seul instant, elle s'installe dans le palais. Elles échangent leurs voiles et boivent dans le même verre comme le veut la coutume quand deux femmes décident de devenir sœurs.

Il faut que vous sachiez que depuis qu'elle a posé le premier regard sur elle, la reine sait que la jeune fille n'appartient pas au monde des humains. Elle sait qu'elle a affaire à une fée. Elle sait qu'elle doit user de tous ses pouvoirs.

La reine attend la nuit pour agir. Quand Princesse Aubergine est profondément endormie, elle lui demande :

— Belle Aubergine, dis-moi la vérité. Où réside ton souffle de vie ?

Et la princesse endormie de répondre :

— Dans la vie de ton fils aîné. Si tu le tues, je mourrai aussi.

Aux premières lueurs de l'aube, la reine cruelle se rend dans la chambre où son fils aîné dort et l'étrangle de ses propres mains. Elle appelle son esclave et lui demande d'aller vérifier si Princesse Aubergine est bien morte. La servante revient un moment plus tard et lui apprend qu'elle est vivante et bien vivante.

La reine pleure de rage car le sort jeté à la jeune fille n'a pas opéré. Elle a tué son fils pour rien.

La nuit même, elle lui jette un sort plus puissant et, quand Princesse Aubergine s'endort, elle lui demande encore :

— Belle Aubergine, dis-moi la vérité. Où réside ton souffle de vie ?

Et celle-ci de répondre :

— Dans la vie de ton deuxième fils. Si tu le tues, je mourrai aussi.

C'est ainsi que la reine tue son deuxième enfant. Son esclave va dans la chambre de la jeune fille et revient lui apprendre qu'elle est bien vivante.

Cette fois la reine pleure, hurle et crache de rage. Elle a sacrifié son deuxième fils pour rien.

La nuit même, elle jette un sort encore plus fort à Princesse Aubergine et lui demande une fois de plus, pendant qu'elle dort :

— Belle Aubergine, dis-moi la vérité. Où réside ton souffle de vie ?

— Dans la vie de ton troisième fils. Si tu le tues, je mourrai aussi.

C'est ainsi que le troisième prince a péri, par les mains de sa propre mère. Princesse Aubergine est plus vivante que jamais.

Toutes les nuits la reine jette sur elle un sort plus puissant que la veille et toutes les nuits elle tue l'un de ses fils.

Les sept princes sont morts et Princesse Aubergine est bel et bien en vie. Sept princes morts pour rien.

La reine décide d'user de ses pouvoirs les plus féroces. Elle endort la jeune fille et lui demande une fois de plus :

— Belle Aubergine, dis-moi la vérité. Où réside ton souffle de vie ?

Les sorts sont si puissants qu'elle finit par répondre :

— Dans une rivière, loin d'ici, vit un poisson rouge et vert. Dans le poisson, il y a un bourdon, dans le bourdon, il y a une petite boîte et dans la boîte, il y a le magnifique collier de neuf *lakh*. Si tu le portes à ton cou, je mourrai aussitôt.

Enfin, la reine est heureuse, elle jubile. Quand le roi arrive au palais, la reine pleure et sanglote jusqu'à ce qu'il lui demande la raison de son chagrin. Elle lui répond :

— Mon cœur n'aura pas de répit avant que je puisse passer autour de mon cou le collier de neuf *lakh*.

— Mais où veux-tu que je le trouve ?

La reine reprend les mots de Princesse Aubergine :

— Dans une rivière, loin d'ici, vit un poisson rouge et vert. Dans le poisson, il y a un bourdon, dans le bourdon, il y a une petite boîte et dans la boîte, il y a le magnifique collier de neuf *lakh*.

Le roi est un homme au grand cœur. Il est affligé par la perte de ses sept fils qui, selon les dires de sa femme, sont morts à la suite d'une maladie aussi soudaine que grave. Il ne supporte pas de voir sa femme aussi triste, il veut absolument la consoler. Il donne immédiatement l'ordre à tous les pêcheurs du pays de trouver le poisson rouge et vert.

Tous les pêcheurs se mettent aussitôt au travail. L'un d'entre eux, aux confins du royaume, finit par pêcher le poisson rouge et vert. Il l'apporte au palais et le donne à la reine cruelle. Quand celle-ci ouvre le poisson, elle trouve le bourdon. Dans le bourdon, elle trouve une petite boîte et dans la boîte brille le magnifique collier de neuf *lakh*. Elle le passe aussitôt autour de son cou.

Revenons à Princesse Aubergine. Depuis qu'elle a divulgué à la méchante reine le secret de son souffle de vie, elle sait qu'elle ne va pas tarder à mourir. Aussi, la voici de retour chez ses parents adoptifs. Elle leur fait ses adieux et les supplie de ne pas brûler le corps, elle les conjure de ne pas l'enterrer. Elle leur fait ses recommandations :

— Quand je mourrai, habillez-moi de mes vêtements les plus somptueux et allongez mon corps sur mon lit. Recouvrez-moi de fleurs et déposez-moi dans la partie la plus sauvage de la nature. Elevez autour de moi un mur de terre, le plus haut possible, afin que nul ne puisse voir ce qu'il dissimule.

Les parents pleurent amèrement. Au moment où ils promettent de respecter ses vœux, elle s'éteint brusquement. C'est exactement au moment où la reine referme le collier de neuf *lakh* autour de son cou.

Ils l'habillent selon son désir, emportent son corps recouvert de fleurs et le déposent dans la partie la plus sauvage de la nature. Ils élèvent un mur de terre immense autour d'elle pour la cacher aux regards indiscrets.

La reine envoie son esclave chez le brahmane pour vérifier que Princesse Aubergine est bien morte. La servante revient quelques instants plus tard pour lui apprendre que le corps est exposé au cœur de la nature, au nord du palais. Elle lui dit aussi qu'elle est recouverte de fleurs et que même morte, elle est aussi belle que la lune.

La reine est satisfaite mais elle n'est pas pleinement tranquille.

Le roi, lui, se languit de ses fils et tente d'oublier son chagrin en allant tous les jours à la chasse. La reine craint qu'il ne découvre un jour le corps de Princesse Aubergine. Elle lui fait promettre qu'il n'ira jamais chasser en direction du nord car, lui dit-elle, il risque un grand malheur.

Le roi va donc chasser en direction de l'est, puis vers le sud, puis encore à l'ouest mais il ne trouve aucun gibier. Il oublie sa promesse et se dirige alors vers le nord. Il erre dans la nature et finit par se perdre. Il arrive devant un mur de terre circulaire qui ne comporte aucune ouverture. Intrigué, il grimpe sur le mur pour voir ce qu'il cache. Il n'en croit pas ses yeux quand il découvre une belle princesse couverte de fleurs qui semble dormir. Il s'agenouille à ses côtés et passe la journée à prier et à la supplier de se réveiller. A la nuit tombée, il la quitte et réussit à retrouver le chemin qui mène au palais.

Le lendemain matin, il prend son arc et ses flèches et fait mine d'aller chasser. Dès qu'il s'éloigne du palais, il court vers la belle endormie. C'est ainsi qu'il passe, jour après jour, son temps auprès de Princesse Aubergine, la suppliant d'ouvrir les yeux. Mais elle ne cille pas.

Un an se passe ainsi.

Un jour, il trouve couché, à côté d'elle, le petit garçon le plus merveilleux qui soit. Son étonnement n'a pas de limites. Il porte tendrement le petit dans ses bras et en prend soin toute la journée. Avant de repartir, à la nuit tombée, il allonge l'enfant auprès de Princesse Aubergine.

Au fil des jours, le roi soigne régulièrement le petit garçon et, petit à petit, celui-ci apprend à parler. Un jour, le roi lui demande :

— Est-ce que ta mère est morte tout le temps ?

L'enfant répond :

— Non. Elle se réveille la nuit et prend soin de moi comme tu le fais pendant la journée.

Le roi ne comprend pas vraiment, mais il se réjouit à l'idée que la princesse n'est pas définitivement morte. Il demande au petit de questionner sa mère afin de savoir ce qui la fait mourir pendant le jour.

Le lendemain matin, quand le roi revient, le petit garçon lui dit fièrement :

— Je sais. C'est le collier de neuf *lakh* qui la tue, chaque fois que ta femme le porte. Quand elle l'ôte avant de se coucher, ma mère se réveille pour mourir à nouveau le matin, quand la reine remet le collier.

Le roi ne comprend pas ce que la reine vient faire dans cette histoire. Il dit :

— Demande à ta mère de qui tu es le fils.

Le lendemain, dès son arrivée auprès de la princesse endormie, le roi entend l'enfant lui dire :

— Ma mère te fait dire que je suis ton propre fils et que le ciel m'envoie pour te consoler de la perte de tes sept fils, ceux que la reine a tués de ses propres mains par jalousie pour ma mère, Princesse Aubergine.

Le roi est envahi de douleur à la seule pensée de ses fils morts. Il dit au petit garçon :

— Quand ta mère se réveillera cette nuit, demande-lui ce qu'il faut faire pour reprendre le collier et comment punir la reine.

Le lendemain, le roi revient et le petit lui dit aussitôt :

— Ma mère te fait dire que je suis le seul qui puisse récupérer le collier. Ce soir, quand tu repartiras au palais, tu m'emmèneras avec toi.

A la nuit tombée, le roi met l'enfant sur ses épaules et l'emmène au palais. Il le présente à tous ceux qu'il croise comme son héritier. Quand la reine entend cela, elle songe à ses fils morts et sent la jalousie lui ronger le cœur. Elle décide d'empoisonner le petit garçon. Pour ce faire, elle prépare des friandises et en propose, avec une grande gentillesse, une poignée à l'enfant. Elle l'invite avec insistance à les manger mais il refuse. Il regarde le collier qui brille à son cou et lui dit : "Je mangerai si tu me donnes ton collier."

La reine est prête à tout pour que le petit garçon mange les friandises empoisonnées. Elle défait le collier et le lui donne. Dès qu'il a le collier dans les mains, il prend ses jambes à son cou et court si vite que nul garde ne réussit à l'attraper. Il court comme un fou et ne reprend son souffle que quand il arrive devant sa mère. Il lui jette le collier et, quand celui-ci atteint sa tête, elle se réveille, plus belle que jamais. Un moment plus tard, le roi arrive et la trouve définitivement vivante. Il la supplie de l'accompagner au palais pour devenir sa femme.

— Je ne serai ta femme qu'à la mort de la reine, autrement elle nous tuera, mon fils et moi, comme elle a déjà tué tes sept fils. Fais creuser un trou devant le seuil et remplis-le de scorpions et de serpents et jette-la dedans. C'est là qu'elle mourra et que tu l'enterreras. Je marcherai sur sa tombe pour devenir ta femme.

Le roi a exaucé ses vœux. Et c'est ainsi qu'a péri la reine cruelle. Le lendemain, Princesse Aubergine et son fils ont accompagné le roi au palais, ils ont marché sur la tombe de la reine et se sont installés au palais du roi et tous les trois ont vécu dans le bonheur et la félicité jusqu'à la fin des temps.

LA FEMME LÉOPARD

C'est l'histoire d'un homme et d'une femme qui marchent dans la forêt depuis des jours et des jours, des nuits et des nuits.

La femme porte son bébé, attaché sur le dos. Le chemin est rocailleux, envahi par les ronces et les lianes. La chaleur du soleil est accablante. Ils n'ont rien bu, ils n'ont rien mangé depuis longtemps, mais ils avancent toujours, malgré le poids de leur fatigue.

Un matin, ils atteignent la lisière de la forêt et voient à perte de vue, devant eux, une plaine verdoyante. Au beau milieu de la plaine, un troupeau de vaches sauvages est en train de paître tranquillement.

L'homme a faim. Il dit à sa femme :

— Toi qui prétends t'adapter à toutes les situations, pourquoi ne te transformes-tu pas en léopard ? Tu pourrais capturer une génisse et ainsi nous aurons quelque chose à nous mettre sous la dent. Nous aurons une chance de rester en vie.

La femme regarde son mari avec insistance, puis elle demande :

— Tu es sérieux ? Tu es sûr que c'est ce que tu veux ?

L'homme a vraiment très faim, il répond :

— Je n'ai jamais été aussi sérieux !

— D'accord !

La femme détache le bébé de son dos et le pose par terre, sur le pagne plié. Elle se tient debout devant son mari et le regarde droit dans les yeux. Elle a un regard flamboyant. Elle ôte son pagne et le jette par terre. Elle est toute nue.

L'homme voit des poils qui lui poussent sur la tête et sur le corps. Son visage se transforme, son expression devient terrible ; ses yeux lancent des étincelles, un rictus tord sa bouche, des canines acérées dépassent de ses lèvres. Des griffes pointues poussent aux extrémités de ses mains et de ses pieds. Et en moins de temps qu'il ne faut pour le dire, un léopard féroce avec un regard de braise se tient devant lui.

Le malheureux a la peur de sa vie. Il regarde autour de lui, avise un arbre et grimpe se réfugier dans ses branches. Quand il atteint la branche la plus haute, il voit, atterré, le léopard qui lèche son bébé.

Mais sa peur est plus forte que tout et il n'a pas le courage de redescendre pour sauver son enfant.

Le léopard a bien terrorisé l'homme, il bondit maintenant vers le troupeau de vaches sauvages et court comme une flèche. Il attaque une belle et grosse génisse, lui tranche la gorge d'un coup de dents et la traîne jusqu'au pied de l'arbre où l'homme tremble encore de peur.

Le léopard lève la tête vers l'homme et le fixe de son regard étincelant.

Le mari est toujours perché sur la branche la plus haute et sa terreur est telle qu'il hurle :

— Je t'en supplie, redeviens ma femme !

Doucement, lentement, les poils se rétractent, les griffes disparaissent, elle se redresse, le visage se radoucit, les yeux s'apaisent, les bras se dessinent et la peau reprend sa douceur de velours.

La femme est enfin debout au pied de l'arbre. Elle se ceint de son pagne, se baisse et soulève tendrement le bébé qu'elle attache sur son dos.

L'homme est toujours sous le choc, il n'ose pas bouger. Elle lève la tête vers lui et lui dit :

— Descends et viens manger ! Nous devons repartir.

C'est ce que l'homme a fait.

C'est depuis ce temps-là qu'on dit là-bas : "Il ne faut jamais mettre une femme au défi… on ne sait jamais."

NOTICES

LA CHAIR DE LA LANGUE (conte swahili)

"The Meat of the Tongue". J'ai entendu ce conte swahili pour la première fois, d'un conteur anglais, Tuup. J'avais, à cette occasion, découvert l'expression *"the meat of the tongue"* en même temps que le roi du conte et elle m'a sans doute rendue aussi perplexe que lui. J'aime les rondeurs de la femme du jardinier, son corps qui chante son appétit de la vie. Ce récit me touche énormément, cette nécessité d'échanger de belles paroles entre un homme et une femme est aussi précieuse dans la vie que dans les contes. Il illustre merveilleusement bien le principe de la parole "huilée" dans la classification dogon, où la belle parole dans un couple rend la relation amoureuse féconde puisqu'elle va dans le sens de la vie (G. Calame-Griaule et P. Gay-Para, *La Parole du monde*, "Le Petit Mercure", Mercure de France, Paris, 2002). J'ai retrouvé, plus tard, des versions écrites dans divers recueils en langue anglaise, celle-ci est ma version personnelle, telle que je la raconte oralement.

LA CHOSE PERCÉE (Somalie)

"The Sky and the Women", in *Folktales from Somalia*, recueillis et traduits par Ahmed Artan Hanghe.

Somali Academy of Sciences and Arts & Scandinavian Institute of African Studies, Uppsala, 1988.

L'ouvrage dans lequel j'ai trouvé ce conte a fait un voyage extraordinaire. Je l'avais commandé par Internet sur un site où les bouquinistes américains proposent des ouvrages souvent épuisés. Sur mon relevé de compte, j'ai découvert que le paiement avait été débité en dollars australiens. En fait le livre, publié en anglais et en somali, imprimé et édité en Suède, était vendu par un bouquiniste australien avant d'atterrir dans ma boîte aux lettres à Paris. C'est déjà une histoire.

Ce conte sur l'origine de l'eau et la relation qui y est faite entre la vie sur terre et les femmes est très beau. J'ai tout de même osé une image personnelle, celle des étoiles.

BRISE-MONTAGNES (Haïti)

"Break Mountains", *in* Harold Courlander, *The Piece of Fire and Other Haitian Tales*, Harcourt, Brace & World, Inc., New York, 1964.

La disproportion en beauté. La force brute de Brise-Montagnes, enfant terrible et précoce auquel rien ne résiste. Héros monstrueux qui ne craint rien. Et pourtant… un seul grain de maïs enraye la machine et il appelle à l'aide sa maman. Ce conte fait le bonheur des enfants quand je le raconte.

Il me fait penser aux tout-petits qui réclament vite leur autonomie : "Tout seul !" mais ils vont chercher le réconfort auprès de leurs parents dès lors qu'ils ont un souci.

Mimi Barthélemy a publié sa version de ce conte dans *Haïti conté*, coll. "Le miel des contes", Slatkine, Genève, 2004.

LA COLÈRE DES EAUX (Viêtnam)

"The Anger of the Waters", *in* Nguyen Nguyet Cam et Dana Sachs, *Two Cakes Fit for a King*, University of Hawaii Press, Honolulu, 2003.

Ce mythe vietnamien est superbe. Les images sont fortes et les personnages hauts en couleur. Un pendant masculin du conte somalien *La Chose percée*. Je l'ai traduit fidèlement. J'aurais souhaité connaître la signification des noms des personnages…

CELLES QUI ADORAIENT LE SOLEIL (Punjab, Inde)

"The Mother and Daughter Who Worshipped the Sun", *in* F. A. Steel et R. C. Temple, *Tales from Punjab*, The Bodley Head, Londres, 1973.

Ce recueil est rare et difficile à trouver. C'est au festival Beyond The Border au pays de Galles qu'un bouquiniste le vendait. Ce conte est une version étonnante du conte égyptien "La tête de *fisîkha*'", *in* P. Gay-Para, *Dame Merveille et autres contes d'Egypte*, coll. "Babel", Actes Sud, Arles, 1998. La traduction de ce conte est fidèle au texte. L'adoration et le culte voués au soleil sont étonnants. Une image a toute mon admiration : la mère transformée en tabouret d'or. Voir aussi "La soupe aux lentilles", *in* P. N. Boratav, A. Flamain et M. Nicolas, *Contes de Turquie*, Maisonneuve et Larose, Paris, 1977.

UNE PRIÈRE A L'ENVERS (Yémen)

"The Answered Prayer", *in* Sharlya Gold et Mishael Maswari Caspi, *The Answered Prayer, and other Yemenite Folktales*, The Jewish Publication Society, Philadelphie, 2004.

Dans ce recueil de contes juifs du Yémen, le héros de cette histoire est naturellement présenté d'emblée comme juif. J'ai choisi de privilégier le récit cocasse de ses mésaventures sans préciser son identité religieuse. Ce détail n'apporte rien de plus à l'intelligence de l'histoire.

HASSAN LE PORTEFAIX (Turquie)

"Hamal Hasan and the Baby Day", in *Turkish Folktales*, racontés par Barbara K. Walker, coll. "Oxford Myths and Legends", Oxford University Press, 1988.

La situation désespérée et comique du portefaix qui tente de se débarrasser d'un nouveau-né pour se retrouver avec trois sur les bras agit comme une cascade d'événements qui provoque l'hilarité... Dans le conte d'origine, la fin est plus habituelle. Le padichah rit, rend les enfants à leurs mères respectives et récompense Hassan en lui donnant une bourse remplie d'or. Son désir d'enfant est une invention purement personnelle. Ce conte est écrit comme je le raconte.

LE PRINCE DEVENU FEMME (Tanzanie)

"Kalemeela ka Bwoogi, the Story of a Prince Who Was Changed into a Woman", *in* R. A. Mwombeki et G. B. Kamanzi, *Folk Tales from Buhaya*, Institute of Kiswahili Research, Dar es-Salaam, Tanzanie, 2001.

Ce conte est singulier. Nous connaissons de nombreux récits où l'héroïne est déguisée en homme, d'autres où le héros se fait passer pour une femme. Dans certains contes aussi, les personnages changent de sexe. Mais dans les deux cas, ils recouvrent leur identité sexuelle à la fin du conte. La transformation, ici, est définitive. Lire à ce sujet "D'un sexe à l'autre. A propos d'un conte dogon" de Geneviève Calame-Griaule, in *Cahiers de littérature orale*, n° 55, Métamorphoses, Paris, 2004, et *La Fille en garçon* de Catherine Velay-Valentin, Garae/Hésiode, Carcassonne, 1992.

Dans la version d'origine, le personnage de la mère apparaît, aux côtés de la nourrice, pendant la fuite puis il disparaît à nouveau au moment de la transformation du prince en jeune femme. Elle a une place très secondaire, comme un double de la nourrice. Quand la mère est mentionnée dans le récit, on se demande d'où elle sort. J'ai choisi de l'ignorer car elle ne joue aucun rôle dans l'histoire, sa présence brouille parfois la compréhension de l'histoire ; la nourrice incarne parfaitement à elle seule la fonction maternelle.

L'IVROGNE ET LE SULTAN (Soudan)

J'ai eu la chance, en mars 1999, d'être invitée, par le directeur du Centre culturel français de Khartoum, à mener un atelier de formation avec des étudiants du département d'études théâtrales de la faculté des beaux-arts. Les étudiants avec lesquels j'ai travaillé avaient une qualité humaine et artistique rare. Ils connaissaient beaucoup de contes traditionnels dont celui-ci, très librement adapté.

L'HISTOIRE DE JAMÎL, FILS D'UN MARCHAND DE BAGDAD (Iraq)

"The Story of the Youth Jamil, the Son of a Merchant in Baghdad", *in* C. G. Campbell, *Folktales from Iraq*, University of Pennsylvania Press, Philadelphie, 2005.

Ce conte me fascine. La sensualité de la femme qui exhibe son corps, en tout bien tout honneur bien évidemment, est rare dans les contes. L'amour fou du héros pour elle, sa pudeur à son égard, le désir enflammé qui les lie… et puis la ruse grotesque qui lui permet de l'épouser.

C'est une version étonnante de "La fille qui déteste les hommes", jeune fille inaccessible que seul un jeune homme sensible et entreprenant réussit à amadouer parce qu'il connaît la raison de sa rancœur à l'égard de l'autre sexe.

C'est aussi en lisant cette histoire que j'ai appris que Bagdad était nommée la Cité de la Paix ; aujourd'hui cela vaut son pesant de sens. C'est aussi un plaisir de retrouver le légendaire Haroun al-Rachid et son fidèle compagnon Abû Nuwâs.

DOUCEMENT, MON AMI (Palestine)

"Swês Swês", *in* I. Muhawi et Sh. Kanaana, *Speak, Bird, Speak Again, Palestinian Arab Folktales*, California University Press, Berkeley, Los Angeles, 1989.

Ce conte ne ressemble à aucun autre. Son originalité mérite qu'il figure dans ce recueil. Il a failli s'installer dans P. Gay-Para, *Contes populaires de Palestine*, coll. "Babel", Actes Sud, Arles, 2003, mais il a eu du mal à se faire une place. La cruauté de cette histoire est unique.

LES QUATRE AMIS (Ethiopie)

"Four Good Men", *in* Russel Davis et Brent Ashabranner, *The Lion's Whiskers, Tales of High Africa*, Routledge & Kegan Paul, Londres, 1959.

Une version de plus de ces contes absurdes qui prennent la vie à contre-pied juste le temps d'un pied de nez.

LE COYOTE VIRE SA QUEUE (Mexique)

Mr Wolf and his Tail (from Mexico), coll. "Round the World Folk Tales", The Save the Children Fund & Macmillan Education, Scarborough, 1981.

Un conte pour les plus petits et les plus grands. Les dialogues du coyote avec les différentes parties de son corps m'amusent énormément. Je l'ai raconté plusieurs fois aux toutes petites personnes qui réagissent en se touchant les oreilles et les yeux et en répétant : "J'ai des oreilles formidables !", "J'ai des yeux formidables !" Cf. Afanassief, *La Renarde pleureuse*, *Les Contes populaires russes*, vol. I, Maisonneuve et Larose, Paris, 1998.

COMMENT LE TAMBOUR EST ARRIVÉ SUR LA TERRE (Ethiopie)

"Heaven and Earth", *in* Mengesha Rikitu, *Oromo Folk-Tales for a New Generation*, G. Marshall, Londres, 1992.

L'image du renard, avec un tambour au bout de la queue, qui descend le long d'une corde qui relie le ciel à la terre est belle. Elle est sonore aussi. On entend le bruit que fait le tambour à chacun de ses mouvements.

MERISIER, PLUS FORT QUE LES ÉLÉPHANTS (Haïti)

"Merisier Stronger than the Elephants", *in* Harold Courlander, *The Piece of Fire and Other Haitian tales*, *op. cit.*

Une très belle version de l'origine des tambours sur la terre. Sa densité contraste avec la simplicité de "Comment le tambour est venu sur la terre".

Quelques explications peuvent être utiles – *savanne* : plaine ; *kanik* : graines grises ou jaunes, très dures, qui servent parfois de billes dans les jeux d'enfants ; *mapou* : arbre appelé aussi *fromager*, qui donne le kapok.

Mimi Barthélemy a publié sa version du conte dans *Haïti conté*, *op. cit.*

LE ROI QUI SE LAISSAIT FRIRE (Punjab, Inde)

"The King Who Was Fried", *in* F. A. Steel et R. C. Temple, *Tales from Punjab*, *op. cit.* La traduction est fidèle au texte.

Nous connaissions la version de Luda, "Une histoire pimentée", dans *365 contes de gourmandise*, Gallimard, Paris, 1989, où nous découvrons l'origine du curry. Dans cette version, les détails liés à la friture du roi sont sonores et croustillants et sans doute beaucoup plus violents.

LES YEUX D'ALEXANDRE LE GRAND (tradition orale contemporaine)

Ce conte a voyagé *via* Internet la semaine où la guerre d'Iraq a éclaté.

La conteuse américaine Laura Simms l'a envoyé de New York à Ben Haggerty, conteur lui aussi, à Londres, qui me l'a lui-même envoyé à Paris. Le jour de la déclaration de guerre américaine, atterrée comme tout le monde par la démesure de la bêtise humaine, j'ai commencé un spectacle en le racontant à mon tour. Depuis, il fait partie de mon répertoire.

LA JEUNE FILLE AU VISAGE DE PIERRE (Chili)

"The Girl who Turned to Stone", *in* Brenda Hughes, *Folk Tales from Chile*, Hippocrene Books, Inc., New York, 1999.

Le motif de l'animal reconnaissant nous est familier, celui du visage changé en pierre et celui du squelette reconstitué qui revient à la vie sont particulièrement singuliers. Le passage du mariage est pour les deux conjoints une mort symbolique à un état initial et une renaissance à un nouvel état. Dans la majorité des contes, le récit narre la transformation de l'un ou de l'autre des personnages du couple. J'ai l'impression que toute l'histoire se déroule durant le rite du mariage, autant d'événements en si peu de temps, le temps de passer de l'état de jeune fille à l'état de femme.

LES DEUX AMIS DE BAGDAD (Iraq)

J'ai entendu ce conte de la bouche de Dan Yashinsky, au festival Beyond the Border, au pays de Galles, en 2004. Cette histoire m'a beaucoup touchée et Dan la raconte admirablement bien, avec toute l'humanité dont il est capable. A l'issue de son spectacle, je lui ai demandé si je pouvais la raconter à mon tour et sa réponse a été : "Si tu la racontes mieux que moi, elle est à toi !" Difficile de raconter mieux que lui ! J'ai néanmoins fait de mon mieux.

J'ai récemment écrit à Dan pour lui demander l'autorisation de publier ma version du conte. Il a accepté avec enthousiasme et m'a demandé de préciser qu'il avait entendu cette histoire de la bouche de Beatriz Grundland, avec laquelle il n'a plus contact à ce jour. Voilà, c'est fait.

Je dois préciser que dans la version de Dan Yashinsky, les deux personnages sont d'emblée situés l'un comme juif et l'autre comme musulman. J'ai préféré le préciser à la fin du conte pour mettre en avant l'amitié, la véritable héroïne de ce récit.

J'aime plus que tout cette amitié absolue entre deux hommes. Et même si le fait que l'un soit juif et l'autre musulman me paraît secondaire, cela fait du bien de rappeler qu'il est plus que possible de passer outre aux classements stupides des êtres humains en communautés, surtout par les temps qui courent.

LE PROCÈS DE LA PIERRE (Birmanie)

"The Trial of the Stone", *in* Harold Courlander, *The Tiger's Whisker and Other Tales from Asia and the Pacific*, Harcourt, Brace and Company, New York, 1959.

Dans la note en fin d'ouvrage, l'auteur précise que ce conte provient de l'Etat du Shan de Birmanie.

OJJE BEN ONOGH (Ethiopie)

"Ojje Ben Onogh", *in* Harold Courlander et Wolf Leslau, *The Fire on the Mountain and Other Stories from Ethiopia and Eritrea*, Henry Holt and Company, New York, 1978 (2e éd.).

C'est une traduction très fidèle au texte d'origine. J'aime la démesure de ce conte.

PRINCESSE AUBERGINE (Punjab, Inde)

"Princess Aubergine", *in* F. A. Steel et R. C. Temple, *Tales from Punjab*, *op. cit.*

Ce conte n'est pas sans nous rappeler des motifs de *Blanche-Neige* (AT 709). Il ne s'agit certes pas de la relation mère-fille mais la relation de la reine et de la princesse, ainsi que la volonté de la plus âgée de tuer la plus jeune, présentent des ressemblances. Par ailleurs, l'exposition de la princesse morte, la façon dont le roi la retrouve et l'aide à revenir à la vie, avant de punir cruellement la reine, présentent aussi des similitudes.

Le collier de neuf *lakh* est, selon les notes de l'auteur en fin d'ouvrage, un collier magique d'une valeur inestimable qui apparaît de manière récurrente dans les contes merveilleux du Punjab.

LA FEMME LÉOPARD (Liberia)

"The Leopard Woman" (Liberia), in *African Folktales*, choisis et racontés par Roger D. Abrahams, Pantheon Fairy Tales & Folklore Library, New York, 1983.

Un bel hommage aux femmes, une image de métamorphose fascinante. Je raconte ce conte depuis quelques années et, chaque fois, mon corps en est secoué. Dans le conte d'origine il est dit à la fin du récit : "Elle dit : «Ne demande plus jamais à une femme de faire le travail d'un homme.» Les femmes s'occupent des fermes, de la volaille, du poisson mais ce sont les hommes qui vont à la chasse pour apporter de la viande à la maison." J'ai sans doute fait un raccourci dans lequel je me retrouve, mais je ne pense pas avoir dénaturé le propos.

BIBLIOGRAPHIE

Abrahams, R. D. (choisis et racontés par), *African Folktales*, Pantheon Fairy Tales & Folklore Library, New York, 1983.

Campbell, C. G., *Folktales from Iraq*, University of Pennsylvania Press, Philadelphie, 2005.

Courlander, Harold, *The Piece of Fire and Other Haitian Tales*, Harcourt, Brace & World, Inc., New York, 1964.
– *The Tiger's Whisker and Other Tales from Asia and the Pacific*, Harcourt, Brace and Company, New York, 1959.

Courlander, Harold, et Leslau, Wolf, *The Fire on the Mountain and Other Stories from Ethiopia and Eritrea* (2e éd.), Henry Holt and Company, New York, 1978.

Davis, R., et Ashabranner, B., *The Lion's Whiskers, Tales of High Africa*, Routledge & Kegan Paul, Londres, 1959.

Gold, Sharlya, et Caspi, Mishael Maswari, *The Answered Prayer and Other Yemenite Folktales*, The Jewish Publication Society, Philadelphie, 2004.

Hanghe, Ahmed Artan (recueillis et traduits par), *Folktales from Somalia*, Somali Academy of Sciences and Arts & Scandinavian Institute of African Studies, Uppsala, 1988.

Hughes, Brenda, *Folk Tales from Chile*, Hippocrene Books, Inc., New York, 1999.

Muhawi, I., et Kanaana, Sh., *Speak, Bird, Speak Again, Palestinian Arab Folktales*, California University Press, Berkeley, Los Angeles, 1989.

Mwombeki, R. A., et Kamanzi, G. B., *Folk Tales from Buhaya*, Institute of Kiswahili Research, Dar es-Salaam, Tanzanie, 2001.

Nguyen, Nguyet Cam, et Sachs, Dana, *Two Cakes Fit for a King*, University of Hawaii Press, Honolulu, 2003.

Rikitu, Mengesha, *Oromo Folk-Tales for a New Generation*, G. Marshall, Londres, 1992.

Steel, F. A., et Temple, R. C., *Tales from Punjab*, The Bodley Head, Londres, 1973.

Walker, Barbara K. (racontés par), *Turkish Folktales*, coll. "Oxford Myths and Legends", Oxford University Press, 1988.

*

Mr Wolf and His Tail (from Mexico), coll. "Round the World Folk Tales", The Save the Children Fund & Macmillan Education, Scarborough, 1981.

TABLE

BABEL

Extrait du catalogue

748. YU HUA
Le Vendeur de sang

749. JEAN-PIERRE GATTÉGNO
Longtemps, je me suis couché de bonne heure

750. STEFANO BENNI
Saltatempo

751. PAUL BENJAMIN
Fausse balle

752. RAYMOND JEAN
L'Attachée

753. PAUL AUSTER
Lulu on the Bridge

754. CLAIRE FOURIER
Métro Ciel *suivi de* Vague conjugale

755. ANNE BRUNSWIC
Bienvenue en Palestine

756. COLLECTIF
Brèves d'auteurs

757. CLAUDE PUJADE-RENAUD
Chers disparus

758. LAURENT SAGALOVITSCH
Loin de quoi ?

759. PHILIPPE DE LA GENARDIÈRE
Simples mortels

760. AUGUST STRINDBERG
Mariés !

761. PASCAL MORIN
Les Amants américains

762. HONORÉ DE BALZAC
Voyage de Paris à Java

763. IMRE KERTÉSZ
Le Refus

764. CHI LI
Tu es une rivière

765. ANDREÏ GUELASSIMOV
La Soif

766. JEAN BARBE
Comment devenir un monstre

767. PER OLOV ENQUIST
Le Départ des musiciens

768. JOYCE CAROL OATES
Premier amour

769. CATHERINE DAVID
La Beauté du geste

770. HELLA S. HAASSE
Un long week-end dans les Ardennes

771. NAGUIB MAHFOUZ
Les Mille et Une Nuits

772. GHASSAN KANAFANI
Retour à Haïfa
(à paraître)

773. AKIRA YOSHIMURA
La Jeune Fille suppliciée sur une étagère

774. SIRI HUSTVEDT
Yonder

775. SELMA LAGERLÖF
Le Violon du fou

776. VLADIMIR POZNER
Les Brumes de San Francisco

777. NIKOLAÏ GOGOL
Théâtre complet

778. ALAN DUFF
Les Ames brisées

779. SIA FIGIEL
La Petite Fille dans le cercle de la lune

780. RUSSELL BANKS
American Darling

781. ALBERT SÁNCHEZ PIÑOL
La Peau froide

782. CÉLINE CURIOL
Voix sans issue

783. AKI SHIMAZAKI
Hamaguri

784. ALEXANDRE GRIBOÏÉDOV
Du malheur d'avoir de l'esprit

785. PAUL AUSTER
Brooklyn Follies

786. REZVANI
L'Eclipse

787. PIERRETTE FLEUTIAUX
Les Amants imparfaits

788. CHRISTIAN GOUDINEAU
L'Enquête de Lucius Valérius Priscus

789. EDUARDO BERTI
Madame Wakefield

790. NIKOLAÏ GOGOL
Les Nouvelles de Pétersbourg

791. ANNE BRAGANCE
La Reine nue

792. FRANÇOIS POIRIÉ
Rire le cœur

793. JOSÉ CARLOS SOMOZA
La Dame n° 13

794. PERCIVAL EVERETT
Désert américain

795. HODA BARAKAT
Les Illuminés

796. PAUL NIZON
Immersion

797. GÖRAN TUNSTRÖM
Partir en hiver

798. PAVAN K. VARMA
Le Défi indien

799. NAGUIB MAHFOUZ
Passage des miracles

800. YOKO OGAWA
La Petite Pièce hexagonale

801. ROY LEWIS
La Véritable Histoire du dernier roi socialiste

802. GLENN SAVAN
White Palace

803. BJARNE REUTER
Le Menteur d'Ombrie

804. CHRISTIAN SALMON
Verbicide

805. LUIGI GUARNIERI
La Double Vie de Vermeer

806. PER OLOV ENQUIST
Blanche et Marie

807. HELLA S. HAASSE
Les Initiés

808. ANDRÉ BRINK
L'Insecte missionnaire

809. CÉSAR AIRA
Les Larmes

810. EDUARDO BELGRANO RAWSON
Fuegia

811. LIEVE JORIS
La Chanteuse de Zanzibar

812. THÉODORE MONOD
Majâbat al-Koubrâ

813. PAUL BELAICHE-DANINOS
Les Soixante-Seize Jours de Marie-Antoinette à la Conciergerie, t. I

814. MADISON SMARTT BELL
Le Maître des carrefours

815. YAAKOV SHABTAÏ
Pour inventaire

816. ANDRÉAS STAÏKOS
Les Liaisons culinaires

817. NORBERT ROULAND
Soleils barbares

COÉDITION ACTES SUD – LEMÉAC

Ouvrage réalisé
par l'atelier graphique Actes Sud.
Reproduit et achevé d'imprimer
en janvier 2008
par Normandie Roto Impression s.a.s
61250 Lonrai
pour le compte des éditions
Actes Sud
Le Méjan
Place Nina-Berberova
13200 Arles.

Dépôt légal
1re édition : juin 2007
N° impr. 080182
(Imprimé en France)